长篇小说

昨日烽烟
ZUO RI FENG YAN

（第三部）

郎 潮 著

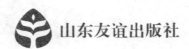
山东友谊出版社

开卷导读

　　长篇纪实小说《昨日烽烟》是对抗日战争期间安丘及周边地区历史演变的全景记述。通过描写那一幕幕惊心动魄的历史活剧，真实记录了在山河破碎、民族危难关头，社会各阶层的生存状态、命运嬗变和心理轨迹，揭露了各种势力之间错综复杂的矛盾，反映了中国共产党领导组织抗日武装、建立抗日根据地的艰难曲折历程，鞭挞了投降卖国、分裂内讧的罪恶行径，歌颂了爱国军人慷慨赴死的牺牲精神和安丘人民不畏强暴、血战到底的顽强斗志。

　　《昨日烽烟》全书共分五部。本书为第三部。第一部描写了自一九三七年抗战爆发至一九四二年二月圈里大战期间的重大事件。第二部描写了自一九四二年二月至一九四三年春季期间发生的唐王山战役、城顶山战役等重大战事。第三部描写了从一九四三年春季至一九四三年秋季期间发生的厉文礼降日、八路军讨伐秦启荣等重大事件。第四部描写了从一九四三年秋季至一九四四年秋季期间发生的黄石板坡自卫战、后韩寺庄大捷、南部保卫战等重大战事。第五部描写了从一九四四年秋季至一九四五年秋季期间发生的讨厉战役、韩寿臣起义、日军投降等重大事件。

　　《昨日烽烟》属于纪实性长篇小说。该书本着"事件不虚、细节不拘"之创作原则，事件和人物大都真实，只在细节上进行艺术加工。该书采用中国文学所独有的章回体结构，富于民族风格。每回为一个较为完整的故事，各回之间承上启下。该书大量使用潍坊一带方言土语，融合当地风土民情，乡土气息浓郁。

　　为便于读者了解《昨日烽烟》第一部（黄河出版社出版）、第二部（黄河出版社出版）的相关内容，现将前两部著作的部分序言予以转录，通过这几篇序言，可对本书前边内容有一个大致了解，便于更好地阅读本书。

总序

怒放在昌潍平原上的瑰丽花朵

（总序一）

冯英木

　　为人写序是件很难的事情，说好说孬、到不到位分寸很难掌握。好在老郎是我相知多年的文友，说得多一点或少一点他都不会怪罪。对于老郎，我早就充满期待。果然，在短暂的期待中迎来了他的精彩作品——长篇章回体纪实小说《昨日烽烟》（根据老郎构思，该书共分五部）。该书是老郎继长篇小说《印台月》之后，以洗练的水净沙明般的文字喷涌出的又一朵"战地黄花"。

　　《昨日烽烟》是对抗战期间安丘及周边地区历史演变的全景记述，翔实记录了在山河破碎、民族危难关头，社会各阶层的生存状态、命运嬗变和心理轨迹，揭露了各种势力之间错综复杂的矛盾，反映了中国共产党领导组织抗日武装、建立抗日根据地的艰难、曲折历程，鞭笞了投降卖国、分裂内讧的罪恶行径，歌颂了人民群众的觉醒进步和不畏强暴、血战到底的民族精神和家国情怀，深刻揭示了"正义必将战胜强权、和平终将取代战争"的历史规律。该书的一大特点或曰一大看点就是采用了中国传统的章回体叙事形式。

　　章回体小说源于宋元平话，风靡于明清，跌宕于民国，其文学光焰从来就没有泯灭，一直照彻现在。老郎之所以钟情并坚守章回体小说的创作，自有他的一番情结。首先在于他年轻时阅读了大量明清小说，有着丰厚的阅读量和信息量，这从他作品的语言表达技巧方面不难看出。另一方面这种文学形式是民族性的，具有鲜明的中国风格和中国精神，便于作者叙述和读者阅读，总是在引人入胜时戛然而止，给人以耐人寻味的期待，在期待中咀嚼，在咀嚼中充满新的期待。

　　在我看来，该书有着三个鲜明的特征。

　　语言的地域性，是这部作品的典型特征。老郎不是专业作家，但他对语言文字特别是对方言土语的驾驭，以及编织叙述故事的技巧，确有独到之处。他的文字不是靠华丽和深邃去取悦读者，而是以一种散发着泥土气息的素朴与自然撞击和感染读者心灵。这些特点我称之为"郎氏风格"。《昨日烽烟》就是运用潍坊一带方言俚语，对发生在昌潍平原特别是安丘大地上的事件进行生动的描绘，情节耐看，读来亲切，干净利索，地气十足，犹若连接母脐的婴儿发声那样壮阔悠扬，酣畅淋漓，有滋有味。比如"红日厌厌西沉""噜噜噜撵上来""哧溜哧溜喝老汤""捂住胸膛上的血窟窿""怕狼怕虎不在山上住""嘴巴子团成个鸡腚眼"……比如"过山鸟""打囤""野巧""嘲巴""驴圣""扎裹""把花样子""出床子""古芦螺""不拿酒"……这些看似土得掉渣的语言，实则就像一条清澈小溪潺潺流淌在读者心田。没有三分"地气"功夫，哪来这些活龙活现的生动精彩语言？

　　人物的个性化，是这部作品的另一特征。文学作品如果离开"人的结构"，即便内容再丰厚也会黯淡无光。一部好的文学作品就是一幕精彩大戏，而人物恰是大戏里的"角儿"，没有"角儿"也就没了灵魂。一部没有灵魂的作品其生命也就是一个空壳。《昨日烽烟》在这方面是有所突破的。书中的三教九流各色人等，从面部表情、衣着打扮到心理活动都被刻画得入木三分。不论是厉文礼的阴鸷冷酷、张步云的粗野果断、丁叔言的谨慎沉着、于学忠的壮怀激烈、周复的深沉内敛、韩寿臣的开济豁达、崔杰千的宽厚坚韧……就连挣扎在社会最底层的"小红袄"都描述得十分精彩："俄顷，打西北方飘来朵黑云，霎时雨花点点，街坊邻居各自散去。午后，雨点渐稀，一位年青女子手撑油纸伞，沿小巷翩翩而来。她细高挑儿，瓜子脸，一双水灵灵丹凤眼，尖尖下颏像个白莲花瓣，脑后绾个蝴蝶髻，斜插一只碧玉簪。走到王夫人娘家门口，见雨停了，她刚收起雨伞，一阵风吹来，树上落下一片雨点子，打在她脸上凉丁丁的。那女子站了一会儿，见左右无人，轻轻推门进去……"

　　我叹服老郎对人物性格、面相和心理的独到揣摩、挖掘和研究，他竟然将百十号人物连名带姓加字号与错纵复杂的故事情节交织在一起，描述得泾渭分明、各具情态。他以平实的笔墨触及人物灵魂深处，避免脸谱化、公式化和千人一面，这是纯正文学创作的应有之义。正如密茨凯维支所说："好一片如花似玉的原野，就连五谷也为之着色。"老郎在这方面把握得很好并且迈出了可喜一步。

事件的真实性，是这部作品的重要特征。《昨日烽烟》是纪实小说，老郎忠实地遵循了"事件不虚，细节不拘"这一创作原则，较好地把握住了作品基调。这主要得益于他在档案馆工作之便利——博览群书，查阅史料；另外他上潍坊，下莒南，走高密，去诸城……安丘的山山水水更是几乎被踏遍，他尽一切可能寻访事件亲历者和知情人，获取了大量珍贵的第一手资料。只有拥有足够的资料，写作时方能高屋建瓴、游刃有余。

有心人，天不负。历经数载辛苦，老郎终于将纷繁复杂的安丘抗战史梳理出一条清晰脉络，并将许许多多历史事件串连一体，为读者烹制出了一道具有浓郁"非遗"味道的精神大餐。所谓作家不是坐在书斋里手执鹅翎煞有介事地矫情苦吟，而是深入生活、叩击脑壳、揉碎心房，敢于正视历史与现实，对自己在键盘上敲出的每一个字负责。老郎作为一名深谙安丘历史和文学创作之道的文学"键盘高手"，以其作家的良知和对历史负责的态度，敲出了近年来安丘文学领域最漂亮的文字。实质上，老郎是一位苦苦跋涉在传统文学原野的行者，坚定而接地气地行走在昌潍大地上，他的思想和视野常常跨越地域飞向广阔的祖国山河。在未来的时光岁月里，他定会书写出无愧于养育他的这片苍天厚土的洋洋大章。

一百二十年前的中日甲午战争中，东方大国败于东洋蕞尔小国，开启了近现代中国之悲惨命运，此系中华民族之奇耻大辱，应当引起全体中国人的深刻反思！《昨日烽烟》尽管反映的是四十三年后的另一场中日战争，但这场战争可以说是中日甲午战争的延续。《昨日烽烟》应该看作是老郎对中日战争另一种形式的反思。一百二十年前惨败，六十九年前"惨胜"，令人悲愤难抑，唏嘘感慨！以中国之地大物博、人口众多、历史悠久、文化繁盛，惨败或"惨胜"都不应属于中国！在这个问题上，我跟老郎见解一致：失败或许永远不再属于中国，但是，我们中华民族对过往历史绝对不能忘记！

如果还有什么话要说，那就是一部作品若只有骨架而没有贯通的血流、温煦的情愫，作品就不会有跳动的心搏、鲜活的灵魂，在艺术上就达不到应当具有的深度和广度。这是老郎的方向，也是大家对老郎发自内心的期待！我衷心期待《昨日烽烟》后面几部能在这方面有更大突破！

二零一四年八月十五日深夜敲定于酒城

献给纪念抗日战争胜利七十周年的一份厚礼

（总序二）

杜书乐　刘伟勋

二〇一五年九月三日是中国取得抗日战争胜利七十周年纪念日，为了牢记历史、不忘国耻，中央决定全国上下以不同形式举行各种庆祝活动。郎潮同志以安丘抗日战争为题材写了二十多万字的长篇小说——《昨日烽烟》（第一部）（以下简称小说），记述了安丘人民抗战取得的辉煌胜利。这部小说，主题明确，主线清晰，主人公有个性，主要故事符合历史事实，是安丘乃至潍坊全市抗日战争的缩影，是对青少年进行爱国主义教育的好教材，也是献给纪念抗日战争胜利七十周年的一份厚礼！

安丘位于山东半岛中部，潍坊市区以南，东邻高密、昌邑市（以潍河为界），西接临朐县，南隔渠河与沂水、诸城市毗邻，北连坊子区和昌乐县。县境处鲁中山区东北边缘，地势随泰沂山脉自西南向东北呈缓坡倾斜，东部为胶莱盆地与胶北弧形隆起西延部分，西南部为群山隆起河谷纵横的低山区。山区、丘陵、平原各占三分之一。县域襟潍带汶，宛二水以中分，望岱瞻沂，揽四方之形胜。该县历史悠久、资源丰富，美丽富饶，是祖国锦绣河山的一块宝地。

日本侵略者对安丘这块肥肉早已垂涎三尺，为霸占安丘，早在一九一四年第一次世界大战后，日本侵占胶济铁路，即在沿途枪杀无辜群众。一九二八年农历四月十九日夜，驻黄旗堡火车站的日军突然向附近的东安泰、半截楼、大庄科等九个村开炮狂轰滥炸。次日，将去车站干工的仇某抓住，将其打死于柏台。傅家庄科村外号叫"草鞋底"和"大木匠"的两人被日军抓去，日军又窜到田东村绑架了在村里办公的田芳泽和田大吉。老教师田芳奎和田芳春义愤填膺，向日军说理讲情，被绑架毒打。四人被日军绑在树上用刺刀穿胸开膛，挖了心肝，场景惨不忍睹。

　　一九三八年一月十三日，日军十余人侵入县城，抢劫了三户财主家的文物、财产，返回潍县城。二十一日，日军第二次侵占县城，有一个日军中队百余人，不论白天黑夜，随便出入民宅，抢劫财物，还组织了"维持会"为日军效劳，至三月底方撤离。五月四日，日军一个中队第三次侵入县城，杀人放火，无恶不作。八月一日，日军中队长高梨（后改为高岛）率一个日军中队第四次侵占县城，带着"宣抚班"打着安抚百姓、宣传"中日亲善"的幌子欺骗群众，建立起伪"安丘县公署""警察局""新民会""调办所"为其服务。日军侵占安丘期间，实行抢光、杀光、烧光的"三光政策"，对安丘人民实行了极其残酷的镇压和屠杀，搞得民不聊生。据不完全统计，全县有四千五百名革命志士和群众死于他们毒手。其杀人手段有枪杀、活埋、刀劈、剖腹、挖心、铡刀铡、狼狗咬、火油烧等二十余种。很多户人家倾家荡产、妻离子散，家破人亡。八年中，群众被烧毁房屋四千五百余间，被逼下关东流落他乡的四千多户，被抢走衣物、牲口的不计其数。一九三九年农历四月下旬的一天夜里，抗日军民攻城未克，第二天上午，日军出城到周家场抓到一名乳名叫"礼"的青年，逼问抗日军的去向，这个青年表示不知道，被日军用刀砍下了头。日军经常把抓到的中国人绑在树上，蒙上眼睛，当活靶子，喊着口令练刺杀，用步枪、机枪练射击，有时放出狼狗把人活活咬死。一次，日军从莲池村抓来两人，不问青红皂白，把他们残酷杀了。被害者遗体多被填进"鬼子院"的地洞内。一九四〇年十一月的一天，日本宪兵在牟山据点附近以八路嫌疑抓到一名五十多岁贩毛皮的商贩，用尽拉梁头、挑筋骨、压杠子、灌凉水等酷刑也未问出什么，宪兵气急败坏，在牟山脚下挖一土坑，点燃秫秸，将商贩推进火坑，活活烧死。一九四一年春天，驻安丘城的日伪军去城西南椿树沟一带"扫荡"，这个仅有四十多户的小村被抢去牲口二十多头、粮食八千余斤、衣物大宗。农民王某的姐姐吓得躲进被窝里，抄家的伪军将其被子掀起抢去后，一个叫"面瓜"的日军扑向这个少女，把她强奸了。一九四四年一月二十八日夜，日军袭击姜家沟村，掳去村民三十多人，抢去牲口、财物一批。日军为限制村民活动，在建立据点的村强发"良民证"，出入进行检查。一到傍晚，太阳还很高，各村就要戒严。景芝一个商贩戒严后回家吃饭，被日军查住，弄到据点里被狼狗活活咬死。

　　日军借下乡"扫荡"之机，大肆屠杀民众。一九三九年农历正月二十日拂晓，日军第一次"扫荡"西南山区，先后进犯到雹泉、辉渠、绪泉、李家沟等村。在东辉渠枪杀一家两口人。在大辉渠打死群众五人。同年五月，日军再次进山"扫荡"，闯进李家沟杀害三人，抢去牲口及大宗财物。一九四〇年农历六月二十一日，日军因月初在李家沟遭到阻击进行报复，进村杀害了两位妇女和一个孩子，抢去牲口九头，烧毁房屋五百多间。同年腊月，日军又派飞机轰炸该村，炸死两名老人，炸毁房屋十多间。

日军除在安丘县城建立大本营之外，还在丰台、牟山、景芝、担山、白石岭、逢王、偕户、庵上、马朗沟等较大村庄及交通要道建立了十几个据点。在修筑据点期间，日伪军到处拆民房，强令群众出夫，稍有怠慢，就用皮鞭打，有的民工甚至被活活打死。一九三八年秋，在修筑丰台炮楼时，灵山官庄农民曹继敬带病出工，日军见其做活不卖力，立刻唤来狼狗，将其活活咬死。这批日军经常下乡"扫荡"，一天，突然向归家疃村进发，发现逃跑的群众就用机枪扫射，打死打伤群众二十一人，其中一户被打死了三人。

担山据点的日军特别恶毒，每次进村先打炮壮威，蒯场村一女青年被冷炮炸死。日军强令附近四个乡镇所辖各村村长有事无事都要天天到据点向日军报告一次，日军头子麻田嫌报告晚了，便架起机枪在村长头上扫射。麻田养着一条狼狗，经常纵狗咬人。被抓来修筑工事的群众，稍有怠慢，麻田便纵狗将民工咬得皮开肉绽，他却在一旁哈哈大笑。后孟戈庄村村长苏某被麻田的狼狗咬死。一九四一年春，麻田将赵戈乡董家套村董某抓进据点，纵狗咬董某，董某踢了狗一脚，麻田大怒，将董某绑在木桩上，指示狼狗把董某活活咬死。王家小诸城村一个外号叫"淘气"的青年被日军抓去，麻田为训练士兵，把这个青年吊在树上当活靶子，让士兵轮流刺杀直至将人活活捅死。一次，游击队员刘清河回家探亲，路上被日军抓捕，押到据点里被狼狗活活咬死后，又被日军砸破脑壳，挖出心肝下酒，又将肠子喂了狼狗。日军还拿活人当靶子射击。一次，曹大祥的姐姐抱着小孩回担山走娘家，从日伪炮楼路过，被日军一枪打倒。日军在担山一带枪杀群众三十多人。一九四四年夏，麻田的狼狗被人毒死，日军逼令乡镇长、庄长为狗出殡，人人头扎白布，参加狗的"葬礼"，抓来喇叭匠、吹鼓手吹吹打打为狗"祭奠"，并在狗坟前插一块木牌，上书"皇军之犬，岳飞之墓"，以此侮辱中国人民。

此外，日军还从安丘抓捕青壮年当"劳工"。一九四二年至一九四三年两年就抓劳工七百余人。一九四三年日军从黄旗堡一带捉去劳工二百三十人，一部分运到日本，一部分运到东北。"劳工"们被榨干血汗后多被日军枪杀或累死、病死，很少有人生还。

一九三八年一月日军侵占安丘后，当时的县长金鸿良携带着贪污的修筑军事工程的巨款潜逃，全县处于群龙无首的混乱状态，而后日军网罗一帮汉奸，建立了县公署，组建警备队，在政治上统治，在经济上剥削安丘人民。日伪军像一条大毒蛇盘在安丘人民身上，吸吮和啃食人民的血肉。

除了日伪军这条毒蛇外，另外还有两条大毒蛇盘踞在安丘人民身上，这就是厉文礼部和张步云部。

厉文礼部：一九三七年抗日战争开始，原潍县县长厉文礼被当时的省主席韩复榘提升为山东省第八区游击司令官，后改任第八区保安司令，辖十五个独立团，两个旅，五个大队，共三万余人，其中嫡系部队二千五百余人。一九三八年十二月，日军侵占胶济铁路，厉以抗日为名逃到安丘西南山区。因对日寇采取不抵抗政策，使日军毫不费力地占领了安丘大部地区。一九三九年八月，厉文礼被撤职，该部番号随之消失。不久，厉文礼又被委任为苏鲁（后称鲁苏）战区游击（后称挺进）第二纵队司令，基本上保留了原保安部队的编制，共有两万五千余人。该部主要任务是作国民党驻安丘五十一军的外围，活动在安丘、昌乐、潍县一带。这期间曾同日军交战几次，进行过一些抗日活动。一九四三年二月，日军围剿安丘西南山区，厉文礼被俘后宣布降日。是年八月，厉文礼接受日军内田旅团授予的"鲁东和平建国军司令"军职，司令部设在夏坡。厉文礼收罗残兵，重编部队，极力为日军效劳，大肆屠杀抗日军民。自一九四三年公开降日后的两年多时间中，厉部残杀抗日干部九十六名，枪杀无辜群众三百八十六名，烧毁民房八百七十六间。一九四四年春、夏、秋，仅在夏坡村就活埋了二十一人，一年杀害了六十七人。一九四四年四月八日，厉部一千余人下乡"扫荡"，于黎明前包围了黄石板坡村，妄图血洗该村。当遭到该村民兵和群众阻击后，厉部便向村中开枪开炮，进村后乱杀乱抢，抓走六人，烧毁房屋九十二间，牵走牲口三十二头。同年十二月七日，厉部三个团两千余人袭击五区娄家庄，进村后大肆烧杀，共杀害群众十一人，抓走二十人，烧毁房屋八十多间。厉文礼一贯与中国共产党为敌，早在一九四二年前，就忠实执行"攘外必先安内"的政策，派副官去坊子与日军上层联系，密谋反共。是年秋，八路军为争取抗日力量，八支队派某部李营长与通讯员到厉驻地与厉交涉联合抗日问题，厉不但拒绝，还指示其副司令申集安将二人残酷杀害。一九四五年六月，在鲁中军区发动的夏坡战役中厉部大部被歼，残部退居安丘县城。日军投降后，厉文礼部一度没有正式名义，后来被国民党山东省政府授予"高、昌、潍先遣军"名义，厉文礼摇身一变，一跃成为先遣军司令。先遣军司令部设在潍县，安丘成立了指挥部，住在西关。由于先遣军不是正式名号，他们一个个头目都在为自己谋出路。这时，胡鼎三、王子春及日伪安丘县公署合伙组成安丘城防指挥部，由胡鼎三任指挥，王子春及日伪安丘县公署知事郑吟谢任副指挥。不久，国民党八区专员派来县长接收日伪县公署，指挥部也随之取消。同时，在一九四五年十二月中旬，"高、昌、潍先遣军"的名义也被取消。其残部除胡鼎三部约二百人逃亡青岛外，其余均由国民党山东八区保安司令部收编。厉文礼则只身逃回河北省原籍，后又迁居天津，妄图隐藏起来安度晚年。在轰轰烈烈的镇反运动中，他终于落入法网，被押解到山东昌潍，经人民法院审判，被处以死刑。

张步云部：张步云是诸城市凉台乡大双庙村人（原属安丘县凉台公社）。一九零四年生，十七岁开始当土匪，先后当过联庄会会长、韩复榘的副官、游击司令，曾两次投降日寇，被封为"剿共司令"、军长，后被国民党委任为胶（州）高（密）诸（城）海防司令。在长达二十五年间，他一直充当土匪、汉奸头子，祸及安丘、诸城、高密乃至胶东、鲁西、鲁南等地。一九二一年秋他同本村土匪张来顺胡作非为，专干绑票抢劫等事。当地群众对他恨之入骨，邻村北营联庄会长傅立堂、南戈庄联庄会长曹仲芳、霞岗联庄会长赵文方等联合搜捕他，曾围攻大双庙村，烧了他的房子。张步云藏在粪篓中逃脱后，投奔张宗昌部下高玉璞旅，当上了连长。张宗昌倒台后，张步云于一九二四年回乡组织联庄会，逼着群众购买枪支，起初仅在高密老八区内巡逻，后来势力日渐壮大，一九三一年发展到一个营，配有轻重机枪两挺，并成立了百余人的自行车队，常驻相州。其间，张步云寻机报复，枪杀了北营联庄会长傅立堂，用诡计诱杀了八师副司令宋焕金，并收编其残部。一九三三年张步云投靠韩复榘，当上了少校副官，曾带领二百多名"黑毡帽军"跟随韩部攻打胶东国民党驻军二十一师刘珍年部。激战在莱阳一带进行，历时六个月，直到刘珍年部调走，战事方停。一九三七年七七事变后，韩复榘被解职扣押，张步云率部返回诸城、安丘、高密一带，假借抗日之名扩充队伍。与厉文礼部交战多次。后来张部子弹耗尽，便派人与日寇勾结，日寇补给他部分子弹，并派飞机助战，张部乘机反攻，厉部见形势不利，向安丘西南山里退去。一九三八年秋，张部率四个旅正式投靠日寇，被收编在"山东省自治联军"张宗援部。一九三九年，张又投靠日军"北平临时政府"，被委任为"剿共军第四纵队"司令。一九四〇年张部脱离日军，投靠了国民党山东省主席兼保安司令沈鸿烈，其部被收编为山东省保安暂编第二师，张任师长，辖四个旅、一个特务团、一个独立团、一个先遣队、一个骑兵队，共一万余人。其师部设在叩官庄，后移驻诸城二区都吉台、石桥子一带。一九四三年再次公开投降日寇，被编为"第三方面军暂编第一军"，张任军长，时有兵员两万余人。后张步云又被日寇委任为"山东国民自卫军"副总司令兼"第一集团军"军团长。一九四五年三月十七日，张部与日寇一千五百余人，对诸城东、西刘家庄群众进行血腥镇压，杀害村民一百三十二人，打伤十一人，牵去牛、驴七十六头，赶去猪七十五头，抢去粮食二十七万余斤、衣服七百九十余件、布匹五百余丈。一九四五年七月三日，又血洗了小岳戈庄，将三十六名青年逼进一个祠堂里，用刺刀活活刺死。藏在村西北角屋内的四十名群众，被他们用机枪打死，六十名男女老少被赶到村东油坊内全部烧死。日寇投降后，李延年将张步云所部收编为山东省胶、高、诸海防军。一九四六年六月，经胶州、高密两次战役，其残部被消灭，张只身逃往青岛。九月，国民党委任他为青岛警备区司令部高参。后来诸、安、高、胶一带流亡青岛的士绅及张的宿敌周毓瑛、曹克明、赵季勋等联名控告他叛国投敌、祸国殃民，国民党山东省主席王耀武召张去济南讯问后，命其返回青岛听候发落。后张步云被青岛警备区司令丁治磐扣押，以汉奸罪判处死刑，于一九四八年二月十二日在青岛五号炮台执行枪决。

此外，还有国民党安丘保安团。一九四〇年四月，县长李桂登在原十八支队第一大队的基础上，主持扩建安丘保安团，李任团长，辖三个营，团部设在召忽。一九四四年该部遭厉文礼部袭击，残部退驻汶河北岸。一九四五年日本投降后，该部抢先进驻县城，与人民为敌。一九四六年编为县保安大队，后被中国人民解放军消灭。

一九三九年春，国民党陆军五十一军开来莒（县）、沂（水）、安（丘）边境驻防。所辖——三师大部驻于安丘县境山区。该师辖两个旅，三个直属营。每旅辖两个团，每团辖三个步兵营，两个直属连。每营三个步兵连，一个机枪连和一个小炮排，战斗力较强。——三师司令部先后驻郭家秋峪、王家沟等地。该部军纪尚好，驻防期间与共产党领导的抗日部队共同打击日军。一九四三年城顶山反围剿战役中，该部将士与日伪军展开激战，不少人壮烈殉国。是年六月奉命开往安徽一带。

面对强大的敌人，中共安丘县地方组织从无到有、从小到大，从弱变强，建立了地方武装，配合八路军大部队经过八年抗战，终于打败了日本侵略者，取得了抗日战争的伟大胜利。

在抗战期间，安丘境内的人民武装力量有：

安丘县大队（后编为独立营）：一九四三年十二月在柘山区丘家庄建立。崔杰千任大队长兼政委，徐世富任副大队长，徐延奎任副政委。始有百余人，编为一个中队，只有两支短枪、六发子弹，多数人用大刀、长矛为武器。在艰苦的条件下，先后拔掉几个日伪据点，缴获一批武器弹药，武装了自己。一九四四年初，队伍发展到五百余人，拥有三百多条枪，建立了拥有柘山、郚山、召忽、夏坡、南郚等区一百九十八个村的抗日根据地，帮助各区成立了区中队。队伍经常深入敌占区活动，根据地扩大到南郚、牛沐一带，还开辟了寿山、凌河、石泉等区，打开了全县抗战武装斗争的局面。一九四五年五月，大队除主要领导人坚持原地斗争外，集体升级编入警四团。同月，县委将几个区中队升级补充上来，改县大队为独立营。下设四个连，共五百余人。独立营组建后，参加了讨伐厉文礼的夏坡战役，受到了上级表彰。战役后又升级，编为警十团二营。七月，县委又将几个区中队升级，重新组编了五百余人的独立营，配合主力部队活动，直到抗日战争胜利。

安丘县独立营：一九三八年十月，独立营在县委驻地沈家庄建立。赵季武任营长，张云亮任政委。时有人员十多名，多是徐家寨一带的农民，武器弹药很少。不久，八支队进驻安丘，赠送独立营二十多支"单打一"，加强了装备。队伍常驻红河村（现属昌乐县）。该营在县委领导下，紧密配合八支队，多次向日伪发动袭击。一九三九年三月，队伍发展到近百人，随八支队转移到沂蒙山区，编入军分区独立营，为一中队，继而又编为分区警卫营一连。

潍安县大队：一九四五年七月建立。巫景全任大队长，队员五百余人。大多数是起义投诚人员，主要活动在景芝、渠河、甘泉、古城、朱子、金堆、官庄等区，进行政权建设和武装建设，直至抗日战争胜利。

八路军鲁东游击队第七支队：一九三八年初，张俊千、张世祥等在韩吉村，赵大志、赵子常在大朱旺村，组织起四十多人的抗日自卫团，在中共组织的领导下，以这几个自卫团为骨干，在小朱旺村发动起义。三月初编入八路军鲁东游击队七支队二大队。主要在县境北部一带开展抗日活动。曾袭击日军驻蛤蟆屯火车站据点，配合友军破坏敌人交通线。日伪军视其为眼中钉，多次进行围剿，不久该部突破敌人包围，到达胶东抗日根据地，编入八路军鲁东游击队第八支队。

八路军山东纵队第九支队：一九三九年一月，爱国人士王麟阁在八路军山东纵队第八支队的帮助下，在安丘、莒县边沿地区建立了八路军山东纵队第九支队。王麟阁任司令员，中共派傅骥任政委。部队发展到数百人，主要在歧山召忽一带开展抗日活动。在八支队撤离安丘开赴沂蒙山区时，该部奉命编入八支队。

在抗日战争期间，不少村庄还建立了民兵组织。有的称为自卫队，有的称自卫团。全县有民兵两千五百余人，参加大小战斗七百六十多次。

八年抗战，在安丘境内发生了上百次战斗，其中有名的战事有：

一、除夕之战：一九三九年二月十八日（农历腊月三十日），驻安丘日军中队长高岛纠集了二百多名日伪军，向安丘西南山区"扫荡"，天黑前窜回安丘城，摆上酒宴，想过个"太平年"。八路军山东纵队第八支队一部追击"扫荡"之敌，见日军逃回老窝，决定夜袭。安丘独立营也赶去配合行动。深夜，部队兵分两路：一路包围了城东门和大墩的东北角；另一路包围了南关大门和大墩的其他三面，部队进入阵地后，据点里的敌人正在猜拳行令。四更时分，群众大都放鞭炮"发纸马"。这时战斗打响，整个县城一片劈劈啪啪声，日军顿时乱作一团。高岛从房子里慌忙跑出来，一头跌倒在石崖下边，脑袋碰破，鲜血直流。待他组织起人员反扑时，天已快亮了。抗日部队迅速撤出战斗。这是一次政治攻势，在群众中产生了很大影响。

二、金线激战：一九四〇年四月二十九日晚，驻金线村一带的国民党陆军五十一军一一三师三三七旅六七四团一营的萧营长先后收到几封"鸡毛信"，信中说日军次日扫荡金线村。萧营长决定率部拼死抗击，马上做好战斗部署。驻景芝、岞山、黄旗堡等地数百名伪军陆续开至村西南埠和村北，用大炮轰击金线村，高密、丈岭的数百名日伪军也从潍河东岸包围上来，一营官兵用轻、重机枪和迫击炮、掷弹筒向敌人还击，与敌人拼了个三进三出，十时，萧营长率部突围，牺牲官兵七八十人。日伪军进村后，大肆烧杀抢掠，全村有七名群众被枪杀，十九人负伤。这次战役日伪军投入兵力千余人，被击毙百余人。之后，中国军队又两次伏击，毙敌五十余人，大灭了敌人的威风。战后，军民同开追悼会，为殉难官兵分别立了刻有传略的纪念碑。"斩倭殉仁"石碑至今尚存安丘市博物馆，上面石刻有五十六名殉国士兵的职务、姓名、年龄、籍贯等。年龄最小的十九岁，最大的四十七岁。

三、擂鼓山战役：此战役亦称唐王山战役。以唐王山、虎眉山和擂鼓山三大山头，绵延二十余里为主要战场。一九四二年八月二十日，日军华北方面军司令冈村宁次率独立第五、第六混成旅团及伪军一部进犯唐王山一带。鲁苏战区各部在总司令于学忠的指挥下英勇抵抗。战役一开始就非常激烈，日军动用大炮、飞机向各山头轮番轰炸、扫射，激战中于学忠被炮弹炸伤。下午五点，总部与师部撤离唐王山阵地，向东北方向突围。坚守擂鼓山阵地的部队打得很顽强，日军三次冲锋均未得逞，在阵地前丢下近二百具尸体。战至天黑，守卫擂鼓山的部队也突出了重围。这次战役在方圆百余里的山区进行了五天五夜，击毙日伪军四百余名，国民党部队伤亡三百余人。鲁苏战区少将军务处长兼高参张庆澍阵亡。

四、城顶山战役：擂鼓山战役之后，国民党五十一军一一三师以城顶山为中心，布置驻防，师司令部驻西南山区王家沟，鲁苏战区的党政分会、干训团和政治部也驻在本防区内，靠一一三师保卫。另有战区挺进第二纵队司令部及特务团等驻防山北崔岜峪一带作外围。一九四三年二月十七日，日军独立第五、第六混成旅团及第七旅团一部，连同伪军两万五千余人，在第十二军司令官土桥一茨指挥下，向城顶山发动了拉网式的大扫荡，企图消灭鲁苏战区主力一一三师。这时国民党驻军总兵力不足万人。战役一开始就抵挡不住日军的凶猛进攻。二月二十日，厉文礼的"二纵"队向南撤退，意在靠近一一三师。一一三师司令部及六七八团被困在城顶山上，两军多次短兵相接，杀声震天。六七八团团长刘斌率部奋力抗敌，不幸中弹殉国。次日，师部下令突围，部队伤亡惨重，是役激战六天，战斗最激烈的时候，战区政治部中将主任周复亲率数十人的敢死队冲杀于第一线，不幸中弹殉国。同时牺牲的还有一一三师少将参谋长张植桴（字少舫）等。一一三师师长韩子乾和挺进第二纵队司令厉文礼被俘。此役共歼灭日伪军千余人，国民党阵亡将士四百六十余人，伤者及被俘者数量极大。经此战役，鲁苏战区主力五十一军元气大伤，战区机关也难以在山东立足。为保存实力，战区总部及所辖五十一军南撤至安徽和河南驻防，结束了鲁苏战区在山东抗战的局面。

五、黄石板坡反扫荡：一九四四年四月八日，伪鲁东和平建国军司令厉文礼部胡鼎三特务团千余人，于黎明前包围了黄石板坡村，先用迫击炮向村里轰击，然后发起进攻，妄图打开这个仅有百余户的村庄。该村在自卫团长李明和的指挥下，男女老少齐心协力，用仅有的三百多支土枪，同敌人展开了浴血奋战。在村东南角，胡团先以猛烈的炮火轰击，然后集中大量手榴弹，企图炸毁围墙，打开缺口。自卫团排长李金奎指挥团员进行了惊险的"反手榴弹战"，把敌人扔过来的手榴弹又扔到敌群中去，使敌人始终没有进村。其他三面的战斗也很激烈。由于自卫团拼死抵抗，敌人未能前进一步。后来敌人组织敢死队冲锋，也未能冲进村去。战斗打到十点多钟，敌人占领了北面的山头，架起大炮向村内疯狂轰炸，村西北角炮楼的火药被敌炮击中，燃起大火，敌人乘机冲进村。这次战斗共毙伤敌人六十多人，打破了日伪军南侵解放区的烧杀抢掠计划。五月十九日，《大众日报》以《黄石板坡人人是好汉，土枪土炮抗击千余伪军》为题作了报道，称此次战斗"创造了群众浴血苦战，保卫家乡的战斗范例"。省武委会奖给该村一面绣有"铜墙铁壁"的锦旗。三地委、三军分区奖给该村一面绣有"妇孺皆兵"的锦旗，同时授予该村"民兵英模单位"称号。安丘县委奖给该村十一支步枪和部分子弹、手榴弹。

六、韩寺庄大捷：一九四四年五月二十八日黎明前，由潍县进入安丘县的千余名日伪军，带着迫击炮和轻重机枪，沿安（丘）召（忽）路向南进犯，企图到歧山以南、以西方向的解放区进行扫荡。驻王庄的鲁中军区一团一营和莒沂安大队得到此消息后，立即兵分三路伏击敌人。一路绕道登上果山南坡，一路占领了长岭一带，另一路在韩寺庄埋伏下来，对日伪军形成了包围。战斗于上午十一时打响，伪军被打得掉头回窜，日军先头部队也被打得晕头转向，纷纷从山上退了下来，逃到韩寺庄村南的树林中，这时一排排炮弹打了过来，在敌群里爆炸，敌人慌作一团，扔下十几具死尸企图夺路逃走。这时伏击队伍迎头冲上去，展开白刃战。战士们个个拼杀得浑身是血，有的刺刀弯了，有的受轻伤不下火线，周围村的民兵和群众赶来助战，并组织担架救护伤员。激战中，一团二营急速赶来支援，敌人慌忙逃窜。这次战役共打死打伤俘虏敌人百余名，缴获枪炮弹药一宗。

七、讨厉（文礼）战役：我鲁中军区为消灭厉文礼部，于一九四五年六月五日黄昏，集中五个团及部分地方武装共万余人的优势兵力，在万余民兵和群众的支持下，向以夏坡为中心的敌据点发起强大攻势。"讨厉战役"共分三个阶段：

第一阶段：五日夜发起总攻，目的是夺取伪军核心据点夏坡。先以主力部队分路插于敌人的纵深处，分别包围了夏坡及其周围主要据点，分割了敌人的防御体系，并以部分主力担任安丘方面的打援任务，其余据点由地方武装和民兵封锁监视。然后，对各据点同时发起攻击，经过一天两夜的激烈战斗，打退安丘城敌人的增援，攻克了夏坡及周围的十六个据点，毙伤伪军四百多人，俘虏两千多人。九日晚，八路军三个团挥师北上，深入昌乐腹地作战，一举攻克鄌部据点，消灭一部分日伪军。次日，主动撤出战斗。日军忙从潍县调遣机动部队一千七百余人，于十五日晨分路增援夏坡据点，妄图负隅顽抗。

第二阶段：八路军鲁中军区四个团的兵力，自十七日开始，兵分三路，仍以夏坡为中心，并向两翼展开攻势。西路一个团直逼临朐城，连续攻克城郊东、西、南三面据点，毙伤生俘日伪军八百九十多人，缴获枪支弹药一批。东路两个团以突击战术直捣安丘、景芝之间守敌，于石堆一带歼灭厉伪十六团主力大部，并解放了景芝。厉部十团一千八百余人在军事压力和政治影响下，由团长韩寿臣率领，在古城子反正起义。八路军一个团和当地县区武装部队乘敌人立足未稳，对夏坡实行重点围困和连续袭击，二十三日守敌被迫逃窜，夏坡彻底解放。

第三阶段：东路八路军占领景芝镇后，乘胜南下追击。二十四日一举攻克伏留、临浯两个据点。二十五日，又向诸城西北的都吉台、石桥子一带进攻，至二十六日晚全歼伪军张步云部两个团一个营，毙伤俘虏伪军一千七百余人，使安丘解放区与诸、莒边区连成一片。

抗战期间，安丘人民在中国共产党领导下，解放了安丘以南、临朐以东、景芝以西一千七百多平方公里的地区，解放区人口发展到五十二万。一九四五年八月十五日，日本宣布无条件投降，解放区普遍召开群众大会，热烈庆祝抗日战争胜利。

回顾七十年前，安丘人民在日本侵略者的压迫下，过着牛马不如的生活，再看看现在安丘巨大的变化，人们都激动不已。可是日本右翼势力不顾历史事实，妄图颠倒是非，混淆黑白，矢口否认这段历史，引起了亿万中国人民的愤慨。郎潮同志正是怀着这种心情，撰写了《昨日烽烟》这部历史小说。小说揭露了日军在安丘实行烧光、抢光、杀光的"三光"政策的罪行，歌颂了安丘人民在中国共产党的领导下，经过艰苦抗战终于取得了抗日战争的伟大胜利。这部小说，指导思想明确，主题鲜明，故事情节动人，有很强的艺术性和创造性，读后感人肺腑，催人奋进，是一部很好的文学作品。其特点是：

一、观点正确，思想性强。

作者以马克思辩证唯物主义和历史唯物主义，以毛泽东抗日战争的战略思想，以习近平总书记在文艺座谈会上讲的"以人民为中心"为指导，以安丘及周边地区抗日活动的事实为依据，坚持文艺作品要"源于生活，高于生活"的理念，生动地再现了抗日战争那段历史。

小说用大量事实说明中国共产党是抗战的中流砥柱。既是领导者、组织者，也是战斗者、胜利者。为了加强对抗日的领导，一九三八年春，共产党员崔杰千回到安丘，组织发动群众，投入抗日斗争。中国共产党从星星之火到遍布解放区，从地下秘密活动到公开组织七支队二大队、九支队，配合八支队作战，从小规模的游击战发展到大规模阵地攻坚战，最后终于取得了抗日战争的全面胜利。小说把中国共产党领导安丘人民抗日作为一条红线，贯彻到全书之中，成为这部书的灵魂。小说坚持实事求是的观点，既歌颂了中国共产党领导抗日的丰功伟绩，也指出了"肃托"等党内斗争的错误。此外歌颂了五十一军的抗日活动，恢复了历史的本来面目。这些观点都是正确的。

二、故事性强，情节动人。

小说把安丘的抗日活动编成了一个个故事，把散乱的一些资料条理化、系统化，以此来吸引读者。这些故事符合逻辑，符合客观规律，符合当时的实际。

如开卷就是县长金鸿良趁七七事变混乱之机，大肆贪污省府拨给安丘修建国防工程的巨款，到枪杀揭露其罪行的王聘卿，最后金鸿良潜逃。揭露了抗日战争爆发，官府腐败，县长逃走，县境群龙无首的混乱局面。孟贤臣抢权，厉文礼处死汉奸，这些都是当时的实况，经作者的艺术加工，故事性更强且十分感人。

三、主要人物有个性。像崔杰千对抗日的坚决，王林肯的爱国情怀，韩寿臣的反正起义，厉文礼的投机降日，张步云杀人成性等，阅后使人惊叹。这说明作者对重要人物的刻画是到位的、成功的。这就避免了"千人一面"的弊病。小说还对下层的"小人物"刻画得入木三分，如"小红袄"这个人物的设置和举动，给人以深刻的印象。

此外，小说采取章回形式，有民族风格，语言简练，生动形象。

总之，这部小说的质量是高的，是有生命力的。时下正值纪念抗日战争胜利七十周年，人们正渴望了解抗战历史，在这时出版此书，更有其历史意义和现实意义。

这部小说的美中不足是：在宏观上对抗日战争的形势、大局、背景资料描写得不够，会使那些不太了解这段历史的人，特别是青少年，产生理解上的困难。在微观上，对日寇残杀安丘人民的酷刑、残忍手段，如砍头、剖腹、拿活人打靶、狼狗咬等残杀安丘人民的场面描写不细致，揭露日军罪恶的深度不够。这些问题仅是从第一部看到的，可能在未出版的后面几部会有佳篇补上。虽存在这些问题，但瑕不掩瑜，《昨日烽烟》（第一部）仍不失为一部传世佳作。

（杜书乐系潍坊市史志办原主任）

目　录

第一回
仁系长乘人之危
褚道士指点迷津

　　上书说到小笠原去景芝街搜集情报，完事后在台潍路边小浯河炸鱼，因所佩带"小甜瓜"手榴弹保险被马玉成做了手脚，未及扔出即提前爆炸。小笠原一介肉身，被弹片插得刺猬也似，眼看要一命归西，这时从东南方驰来一辆军车，载他去了胶济铁路上重镇坊子，经日军荷野部队医院紧急抢救，小命虽被保住，两只眼睛却被摘除（从此不能欣赏曹莲芳的美色了），右臂剩下小半截，不久即随伤兵团返回京都老家。

　　小笠原走了，他在县城西南隅给曹莲芳租赁的独门独院寓所一下子冷清下来。那条日本狼青翠虎不来了，老街坊们又像从前一样坐在门口青石阶上聊天打伴①，小商贩们放开喉咙拖着长调在门外吆喝，连野狗也敢跷起后腿朝墙根撒尿。莲芳内心变得空虚又荒凉，就像老家屋后那块终年难见阳光、长满了青苔的滴水檐。对于小笠原，莲芳感情复杂，一言难尽。小笠原从军前是东京大学建筑系学生，喜欢中国的古老建筑，热衷字画收藏，八大山人的鱼鹰、郑板桥的竹子、王图的"牟山雁"都全了，甚至还有宋徽宗的御笔《芙蓉锦鸡图》（翻译官曹德三借买画之机，造假充真，渔利不少）。此外，小笠原相貌清秀，谈吐文雅，有时候还给街上玩耍的小孩子几块糖，与他的亲戚麻田比较起来，如果小笠原还算是人的话，那么麻田就是一个十足的恶魔。当然，在对付抗日军民的时候，小笠原和麻田一样残酷无情，手段甚至更为阴险。逢年过节，小笠原都捎着礼物上"丈人"家出门，还陪同莲芳去为善村走姥娘家。当着莲芳面，街坊邻居、亲朋好友从来没有人讲过小笠原坏话，但莲芳还是能从他们眼神中感受到他们对日本人的刻骨仇恨和对自己的鄙夷，

1

由是她也知道了，跟着小笠原注定没有结果，可是这个东洋鬼子却是第一个令她眼热心跳的男人。让小家碧玉的她满足了对物质的欲望是一个因素，她可以身穿安丘人很少见到的东洋和服招摇过市，令那些穿戴土气的大家闺秀黯然失色。更重要的是小笠原能够给予她一定尊重，使她成为骄傲的女神，在精神上给了她极大的冲击和享受。而从前那些包养她的色中恶鬼只会变着花样耍她或者利用她的美色敛财。所以，尽管是无名无分的露水夫妻，莲芳心底下还是相当珍重，她把两条扫着臀尖的麻花辫子拆开，在脑后盘了个丰满的蝴蝶髻。她想用这种方式向世人表明，即便短暂如风烛雨花，她也算做了一回小笠原的老婆。

女人心思就是奇怪，小笠原突然离去，一阵孤寂过后，莲芳心头竟然有了一种莫名的轻松和宁静，好像回到了清贫却快乐的孩童时候，一个人走在垂钓小鲤鱼的河旁，站在追逐野兔的山岗。她不愿意抛头露面了，每日里准时去设在大十字路口南边路西张景瑶宅邸的警察所听差，下班后在路旁货床子上买点豌豆黄、三页饼、五香花生米之类吃食，匆匆离去。

寓所里靠南墙有棵苍劲挺拔的楸树，沉睡了一冬的枝条几经春风吹拂，油腻腻的芽苞鼓胀起来，像是临产少妇的肥乳，分泌出一种香喷喷的气味。莲芳喜欢那种气味，常在树下一站就是半天。惊蛰那天，从废弃的野巧②窝上掉下一根粗大柳枝，把她吓了一跳。树上原来住着一窝野巧，黄昏时它们全家团聚，喜欢喳喳叫个不停。小笠原嫌叫声扰耳，不顾莲芳阻拦，朝野巧窝开了两枪，那窝野巧受惊不小，连夜搬走，也不知去哪里过的冬。当年冬天北风凛冽，野巧窝中的芦花、草根、羽绒都被吹走了，只剩下枯枝交错的卵形骨架。莲芳正担心哪一天这野巧窝就彻底塌下来，这时飞来一雄一雌两只野巧，在枝头蹦蹦跳跳，嬉戏调情，继而不断地从汶河滩上矮树丛里衔回枯枝草叶，修葺那个破落的野巧窝。"敢情这是两口子在布置新房呀，母野巧要抱窝啦！"莲芳心头涌上一股甜丝丝、湿漉漉的东西。她眼神变得柔和了，如同春天解冻的山泉般亮晶晶，苍白的鸭蛋脸儿上有了点血色，就像五六月间楸树枝头的花朵，走起路来两个腔槌也收紧了，不再左右扭动。不知从哪天开始，她又散开蝴蝶髻，编成了两条乌油油的麻花辫子。

莲芳的这些变化，有个人看在眼里，记在心中，不肯漏掉一个细节。此人就是曹莲芳的顶头上司警务系长仁某。仁系长五十来岁，性格阴沉，贪婪好色，若非忌惮小笠原，恐怕早就把莲芳吞进腹中了。一日下班时候，仁系长叫莲芳晚走一会，说有事交代。莲芳去更衣室刚换上花裤子，正在穿一件绣了几朵绿牡丹的月白色宽袖褂子时，仁系长一掀门帘，扛着颗歪头进来，腆着老脸道："不用打扮，你就是穿补丁褂子也好看。"

莲芳赶忙转过身子，系上蜈蚣扣，语气矜持又冷淡："好看就多看眼，又少不了一块。"

仁系长眼神热烈起来："不敢看了，越看越馋。"

"那就别看！"莲芳晃一晃耳垂上两只银耳环，"没事的话俺走啦。"

"慢着！"仁系长伸手拦住，"清净了多日，该轮到我了吧？"

莲芳头也不抬："啥东西轮到你啦？俺啥也不欠你的。"

仁系长碰了一鼻子灰，不过还不死心，酸溜溜道："还当自己是个黄花大闺女么？"

莲芳仰起粉脸，咬着牙根道："曹莲芳就是个卖大炕的，也得隔着门帘挑人，你嘛，就免了，挑着银子上门也不伺候！"

说完，丢下仁系长，甩着两条大辫子出了青砖门楼。向南走了几步，她稍一犹疑，又折回来从大十字路口向东拐。经过县公署门口时，她习惯性地向里面望了一眼，见知事魏公佛笑吟吟抿着嘴角，胳臂挽着个小娘们儿正沿甬路往外走。莲芳紧走几步，穿过威武门（东门），踏上了草市街。

草市街北起拱极门，南至东小关街，长一华里稍多，宽不足五米，两边房屋鳞次栉比。正月间艺人耍龙灯，龙头、龙尾不是扫着东邻屋檐，就是碰到西舍门楼，人们只能站在门口内或者大街两头观赏。草市街以东关大街为界，分为南草市、北草市，南草市又因为跟东小关街相接，形似一张搂草筢子，百姓又呼之"筢头街"。莲芳家住南草市东侧，从东小关街向北数第五个门楼，恰好在三沐纶音坊③下。莲芳的父亲曹家修读过私塾，本分正派，视门前那座牌坊若神明一般，若有人问起他府上何处，他都一脸骄傲道："世居三沐纶音坊下。"可惜月老瞎眼，给他配了个风流娘们儿当老婆，结婚没几年，一顶顶帽子把他额头都染绿了，这娘们儿于是赚了个绰号"皮褥子"。曹家修虽是个老实人，也按捺不住心头怒火，在族中兄弟帮助下，将"皮褥子"蒙上眼，倒吊梁头，噼噼啪啪打了一夜。"皮褥子"牙齿咬碎了两个，却不曾开口告饶。同族兄弟们无奈道："完了，这娘们儿心是青石生铁做的！"言毕，

3

灰溜溜散去。曹家修死了心，不久便去了青云山东麓为善村某油坊当账房先生。待两个闺女一个儿子稍稍长大，他索性离家从军去了异乡。曹家修一走，"皮褥子"更无顾忌，整日快活得赛个地仙，还把俩闺女也调教得花枝招摇，蜂缠蝶恋。曹家修在外浪游数年，开阔了眼界，从牛角尖中走了出来，对名声之类身外之物不再那么关注，好比松柏随着年轮增添，树皮愈加厚黑，抵挡风霜的能力更强了。抗战爆发前夕，他返回家乡，一心一意摆弄祖上留下的几亩薄地，闲时也做点小买卖。"皮褥子"半老徐娘，风流依旧，夫妇俩睡觉各睡各人的炕头。

再说莲芳穿过三沐纶音坊，来到家门口，稍稍停了片刻，伸手拉开门闩，推门进去。蹲在"半门子"外的一只黑狗摇着尾巴迎上来，亲热地舔着莲芳手心。西窗下一只白鹅正在喝黑陶盆里的水，身子没动，抬起头，细长脖子微微侧歪，瞪圆一对黑玛瑙似的小眼珠，嘴角吧嗒吧嗒滴着水珠子。眨眼工夫它就认出了莲芳，向前迈了两步，头弯下去，脖子向前伸着，嘎嘎叫了两声。曹家修听到动静，推开"半门子"走出来，略显惊讶道："回来啦，还没吃饭吧？"

莲芳虽然放荡不羁，心底对爹爹却存有几分同情和尊重，她紧走几步道："还没吃呢，俺做吧。"

"做好了，锅里有黏粥，算子上馏着蒸榆钱。"曹家修说着，拉开"半门子"，父女俩进了屋，黑狗、白鹅想跟随进去，"半门子"又闭上了。黑狗反应快，一下子跳开，白鹅脚步迟缓，差点叫"半门子"挤住脖子。

曹家修掀开锅盖垫，从袅袅蒸汽里端出个算子，上面摊着些白酥酥的蒸榆钱。莲芳接过算子，叫了一声爹，又小声道："娘去哪儿了？莲芬和莲池呢？"

"都去了为善你姥娘家，帮着秧地瓜。"曹家修又给莲芳舀了碗黏粥，尔后拽过一个马扎坐着，伸手从水缸盖上抓过烟笸箩。

莲芳把辫子拂到胸前，坐在马扎上吃了几口饭，忽然道："小笠原受伤回国啦，俺打谱回来住。"

"回来吧，哪里也不去啦，和你妹妹住西房屋。"曹家修手有些抖，捏着火镰嚓嚓嚓打了好一气火，才将火绒点燃，他噙住玛瑙烟嘴，狠狠吸了一大口，徐徐吐出来，"爹跟你商量个事儿。"

"哦，啥事儿？"莲芳将大白碗移开嘴边，黑若点漆的眼珠儿透过长睫毛瞥着烟雾中爹爹若隐若现的脸庞。

曹家修轻轻捏弄着烟袋杆："今下晌你三婶儿来串门，说她娘家东南山④有户殷实人家，家里有骡子有牛，正张罗着给儿子找媳妇，你若乐意，趁她走娘家顺便跟着去看看。"

莲芳心口咚咚狂跳，口中却道："俺这个样子，人家如何会要？"

曹家修举着烟袋杆咳嗽一阵子，吞吞吐吐道："那户人家的儿子左腿有点毛病。"

"是个瘸子啊！"莲芳一脸委屈，嘴唇噘成个月季花骨朵，将大白碗咚一声搁在饭桌上。

"不是很厉害，能骑脚踏车子，急了还能跑。"曹家修欠欠身子，不无歉意道，"不是爹把你往火坑里推，……你虚岁快二十三啦！"

莲芳心烦意乱，一边拾掇饭桌，一边道："多少好人家都耽误啦，也不差这个瘸子啦。"

曹家修使劲吸了几口烟，觉得寡淡无味，才发现烟袋锅早就不冒烟了，他抬起一只鞋底，在上面磕打磕打烟袋锅，垂下眼睛道："姊妹仁数你大，一个也没成家，你娘只知道耍，不管不问……"

莲芳心头似被刀尖戳了一下子，一种悲凉滋味迅速涌遍全身，她扭头看了爹一眼，声调温婉道："曹家闺女不愁嫁，俺和莲芬一定要嫁个好人家，就像戏里演的那样，莲池还小，爹甭个操心。这些年爹出门闯外，娘拉扯俺仁也不容易，她就是那个脾性了，爹就多担待些吧。"

曹家修手拿烟笸箩，晃晃悠悠站起身："大半辈子都过来啦，不担待还能咋着？你还年轻，往后可不能由着自己性子啦。"

莲芳"嗯"了一声，使劲咬着嘴唇，几颗泪珠儿滑过鼻翼滚进了嘴角。

这天正是农历十五，太阳刚落山，一轮银盘升起来，翻越突兀高耸的印台⑤，照得城内及四关人家窗口刷白。莲芳躺在炕上，翻来覆去烙烧饼，耳朵里总是有些窸窸窣窣的声响，直到月亮西斜，才昏昏睡去。约莫黎明时分，她梦见自己离开一片废墟，在昏黄月下向家中走，突然听到有人喊她名字，她回头一看，就见几个蒙面人快步跟上来，她撒腿就跑，眼看就要被追上了，突然，铁拐李从一旁闪出，抢起铁拐杖向那几个蒙面人打去……莲芳惊叫一声，醒来了，就见窗纸泛白，似乎伴有沙沙声响。

"哦，又下雨啦。"莲芳嘀咕一声，披衣下炕，拱上绣花鞋，轻轻敞开门，又推开"半门子",一阵清凉涌入胸怀。就见灰白天空中微雨蒙蒙,麦草屋檐上绿豆大的水珠子吧嗒吧嗒滴在青石阶上。大门旁狗窝中的黑狗听到动静,汪汪叫了两声,探出头来张望,发现下雨了,连忙缩了回去。那只白鹅似乎很受用,抟挲开翅膀跳着胡旋舞,两片脚掌酷似饱经秋霜的枫叶。莲芳茫然地站了一阵子,隐约听到街上有人说话,知道圩门已开,她突然想起了一件重要事情,便回卧室换上水鞋,取了把油纸伞,到东间门口跟爹爹打了个招呼,悄悄出了门。

莲芳沿草市街向南走着,碰到俩头戴苇笠的拾粪汉为抢一橛狗屎在争执,又有个身披蓑衣的小贩肩挑两篮春韭迈着台步迎面过来,口里唱道:"杨延辉有一日愁眉开展,忘不了贤公主恩德如山……"

莲芳听得耳顺,不由得多看了一眼,认出菜贩子是安丘城京剧名票李炳文。这李炳文无地可耕,全靠卖菜为生,属于吃了上顿愁下顿的主儿,却酷爱京剧,有一年他在城隍庙戏楼唱《取长沙》,莲芳听得入迷,隔日碰到他在街头卖黄瓜,就借钱从他那儿买了些剩下的瓜纽子,拎回家叫"皮褥子"划白⑥了半天。莲芳不想多说话,使劲压低伞檐,快步南去。走到海晏门,碰上东南街卖辣汤的团鱼正在门楼下躲雨,他给一个老主顾舀上辣汤,口中恨恨道:"这鬼天气,下雨咋还上瘾啦!"那个老主顾吱溜喝了一口,仰起头道:"是啊,柴火垛湿了,家中没有个火烟,炕上被褥软塌塌像堆尿裤子。"

听了俩人对话,莲芳心中一阵翻腾:看来雨师也不好当,雨水少了、多了都挨骂。神仙尚且如此,何况是人?莲芳低头想着心事,穿过海晏门,顺着伸向东南的小道来到一堵形若屋脊的崖畔下。这地方叫泉子崖,下临山泉一方,泉边伫立一株三人合抱不到头的古柳,夏秋时节遮天蔽日,蓊蓊郁郁,若是天气晴朗,从潍县走安丘,攀上丰台岭就能看见苍翠的树梢。(只可惜此树于二十世纪五十年代被伐掉了,否则定会成为跟公冶长书院前银杏树一样的景观。)沿蜿蜒小径走上崖头,可见道观一座,从建筑风格看,似是明代遗存,百姓呼之五仙坛,内塑棕灰脸神像,供奉狐狸、黄鼬、刺猬、老鼠、长虫等五仙牌位。十九世纪三十年代初,道士褚世端云游至此,见安丘城民风淳朴,便长住不走了,后来,他的俩儿子也来此栖身。爷仁替天行道,拿邪捉妖,间或给人算卦、解梦,衣食还算无忧。莲芳驻足柳下,看着嫩绿枝条在雨丝中拂动,忽听崖畔上传来啪嗒啪嗒的脚步声,她抬头去看,就见一个身穿道服、头戴道冠的小道士挑着两只木桶顺着小径走下来。

莲芳晃晃油纸伞上的水珠，上前莞尔一笑："小师父好勤快，挑了几趟了？"

小道士放慢脚步，惊喜道："是你啊，一大早要去哪里？"

莲芳瞧左右无人，飞快地塞给小道士一块"袁大头"⑦："俺想请老师父解个梦，麻烦小师父替我说句话。"

小道士说声"你等着"，水也不挑了，匆匆返回。过了一袋烟工夫，他站在崖畔上朝莲芳招招手。半个时辰后，莲芳出了五仙坛，此时云散雨停，她下到泉边古柳下，仰起脸儿，一阵微风吹过，落下一片雨点子，打在她脸上凉丁丁的。她掏出手帕擦了擦脸，迈着轻快的步子进了东小关街。行人就像从平地里冒出来似的，一下子增添了许多。莲芳肚子咕咕叫却不觉得饿，径直走太平门（南门）去了警察所。

刚过岳池县胡同，就见警察所长杨福海站在门口四处张望，待他看到莲芳，竟然小跑着迎上来，如释重负道："谢天谢地，你可来了！麻田太君一早急火火来找你，好像一霎也晚了，我派人到北门里，又去南草市你家，你爹说你一早出了门，你再不来，他可就放屁崩了腚眼——恼大了哟！"

听到麻田这个名字，莲芳不由得打了个寒战："他……他找俺干啥？俺来请假上趟东南山……"

"还上东南山，你去了汪洋大海，他也要把你抓回来！"杨福海回头向门楼内看了一眼，"他的事谁敢问？！手中牵着条大狼狗，哦，就是小笠原养的那条。"

莲芳一脸狐疑，跟在杨福海腚后进了大门楼。这时候，从所长室踱出个矮矮胖胖、酷似竖起来的青皮大冬瓜一样的日军伍长，上唇留一抹黑胡，左侧腰间挎口长刀，右手牵一条神情萎靡的日本狼青，笑吟吟地朝莲芳打招呼："莲芳小姐，我的等你半天了。"

欲知后事如何，且看下回分解。

①打伴：潍坊一带方言，开玩笑。
②野巧：潍坊一带对喜鹊的称呼。
③三沐纶音坊：明代为马惠夫妇（马文炜双亲）所建的牌坊。因其子孙显贵，马惠被朝廷累赠为中宪大夫，其妻门氏累赠为恭人。

④东南山：安丘人称呼诸城县东南部山区。

⑤印台：安丘城东南方高地。"印台月色依依见"是安丘古八景之一。

⑥划白：安丘一带方言，责备。

⑦袁大头：指银元，因上面铸有袁世凯头像，故有是称。

第二回
麻田蛮横夺美色
莲芳惆怅走担山

这人就是麻田，其祖上累立军功，留下名刀一口，麻田入伍后一直将它佩带在腰间，随便哪位军官见了这口刀都肃然起敬。麻田生性嗜杀，能用刀就不开枪，花样百出。"耀南的麻将麻田的刀"被称为安丘城"两大厉害"，其残忍凶暴可见一斑。"耀南"则是西小关的一位雅士，姓李，此公聪明绝顶，擅长心理战，麻将桌上所向披靡。"文革"期间，"造反"人士以前述俗语为据，拷问李耀南跟"麻田"之亲密关系，令他有口莫辩。此为后话。麻田中国话说得还算流利，曾率一个分队（班）驻防四区偕户村，后又转至担山据点。跟小笠原一样，麻田也找了个当地女人，系安丘二区人氏，姓吴，绰号"小风梢"。因为跟小笠原过从甚密，麻田常见莲芳，小笠原一霎不在，他就向莲芳大献殷勤，粗野的目光就像两条毛毛虫，从她领口钻进去。

见到麻田，莲芳心头立刻生出一种不祥之感，不过，她还是赶忙鞠了一躬："啊，麻田太君，您不是在担山吗？"

"我的回来办点事，"麻田凑近莲芳，脸上现出一副悲悯模样，"小笠原君返国后，翠虎像是丢了魂，到处狂奔，不吃食，谁叫也不应。高岛太君知道我跟小笠原君交情深厚，让我想想办法。"

莲芳心头五味杂陈，搁下油纸伞，弯下腰轻轻抚摸着翠虎乱蓬蓬的脑袋。翠虎泪汪汪地看着莲芳，喉咙里不住哀鸣。麻田狞笑一声："莲芳小姐也是翠虎的熟人啦，你的帮忙的有。"

莲芳以为麻田要将翠虎送给自己，慌忙道："俺可养不起。"

麻田拍拍莲芳脸颊："不是送给你，是请你随我去担山住几天，陪陪翠虎，待它心神正常啦，你就回来。"

莲芳心口一缩，像只受惊的兔子，目光转向杨福海，亮晶晶的眸子里满是哀求。杨福海不知从哪里来了股勇气，挡开麻田的手爪子，大着胆子道："太君你不能这样，安丘城警务繁重，莲芳小姐也有一摊子活，若高岛太君怪罪下来——"

杨福海还想选择个有分量的词语镇住麻田，就听噼啪一声闷响，他左脸颊挨了麻田重重一记耳光，震得耳朵轰响，好似里面放了个麻雷子①。麻田还不解气，又去腰间抽刀。杨福海吓麻了蛋子，抱头窜进了东南角的厕所。麻田追了几步，又返回来，换作一副笑脸道："我的保镖大大的，你的放心的有！"

莲芳知道要坏醋了，却不甘心束手就范，装出一副满不在乎的样子："太君是小笠原君的亲戚，俺有啥不放心的？俺家里也养着狗，叫它去俺家作伴吧。"

麻田变了脸，一把抓住莲芳手腕："皇军之犬，岂能跟支那土狗作伴！汽车都备好了，现在就走！"

莲芳知道在劫难逃，连油纸伞也顾不上捡，就被麻田拽着出了警察所。直到脚步声消失，杨福海才探头探脑走出厕所，他的半边脸肿着，好像得了痄腮。仁系长不知从何处冒出来，凑近杨福海，阴幽幽道："好好一朵洋粉莲，可惜啦！"

杨福海瞪他一眼："你不是吹嘘一定把曹莲芳搞到手吗？做梦去吧，等你搞到，她奶子得耷拉到肚脐眼啦。"

却说麻田右手拽着莲芳，左手牵着翠虎，沿城里街匆匆北去。莲芳穿着水鞋，不甚跟脚，踩得泥水啪嗒啪嗒响。到了"鬼子院"门口，两名哨兵原本睡眼惺忪，看见莲芳，一下子来了精神，其中一个还咕嘟起嘴巴子呜呜吹口哨。汽车迟迟没回来，莲芳几经央求，麻田才答应让她去西南隅寓所找了几件换洗衣服，用一个花包袱包了。走到庭中，她仰起脸儿看看楸树，那两只野巧停在枝头，歪着脑袋看她，似乎在问："你要出门吗？"

傍晌天，一辆黄绿色丰田小六轮驶进"鬼子院"，停在城隍庙前。司机、副司机从驾驶室跳下来，忙着加水、加油。麻田从屋里出来，连声道："快快的，快快的！"

司机赶忙钻进驾驶室，戴上手套，抓住方向盘，副司机取出根象鼻模样的东西，插进汽车前脸，抡圆手臂猛摇。随着突突突一阵吼叫，车屁股喷出团团黑烟。副司机舒出一口气，刚要进驾驶室，叫麻田一把拽下来："你的，后面的干活。"

副司机一声不吭，拎着"象鼻"爬进车厢。麻田换做一副笑脸，对莲芳道："莲芳小姐，你的里面坐。"

安顿好莲芳，麻田牵着翠虎和几名日兵跳进车厢。丰田小六轮徐徐开动，出了大门，沿城里大街南去，到了大十字路口东拐，出威武门、青阳门，沿一条坑洼不平的土路出了城。

清明刚过，天朗气清，万物生机勃勃。趁着昨夜一场甘霖，农民忙着点瓜种豆。春雨滋润过的汶河冲积平原被农具翻开，显得油滚滚，蓬松松，就像点心铺子里刚出炉的枣糕。这么肥沃的土地，插上枯枝能生根，种上鹅卵石也能发芽，难怪农民把它当成最宠爱的小孩子侍候，又把它视为最可依仗的父母，尽管兵荒马乱，也从没生出弃它而去的念头。

丰田小六轮驶过小杨戈、贺家庄，又东行数里，就见东南方冒出一圈土圩墙，这就是担山村了。正是农家做饭时候，村子上空隐约可见青烟，似一群黑老鸹上下盘旋。该村是连接安丘城和胶济线上黄旗堡、岞山车站的中继站，日伪第二区区公所和担山、赵戈、韩吉、邢戈四乡镇联合办事处均设立于此，早在一九三九年五月，日军就在该村东南空旷处修建据点一座，该据点大致呈圆形，占地十亩有余，中心竖立着一座十米高的青砖炮楼，像根勃起的驴屌，方圆数里都能瞧见。周围从内向外环绕着壕沟、梅花桩和鹿砦。壕沟系人工开挖，有水道与村西史角河相通，寻常多半有水。梅花桩之间有铁丝网连接，底下埋设地雷。鹿砦上挂着不少空罐头盒，一有风吹草动，便咚咚响个不停。担山村很早就有圩墙，因年久失修，至抗战爆发前已坍塌大半，剩下一人高的墙茬子，遍生灌木野草，常有小孩子跑上跑下捕捉"蹬倒山"、土蟄子、磕头虫②。日军在担山村外安设据点后，为强化统治，又征集民力修复了圩墙。

丰田小六轮驶过横在史角河上的一座简易石桥，从村东绕了半个圈，来到据点大门外。正巧绰号"水牛"的村民来送水，司机摁摁喇叭，"水牛"刚迈上吊桥又退了回去，目送丰田小六轮屁股喷着黑烟，摇摇晃晃进了据点。"水牛"瞥见驾驶室里坐着个小娘们，不由得加快了脚步，腰间拴着的小水瓢蹦蹦跳跳像只小黄雀。这时候，麻田扶着莲芳下了车，又指挥手下搬卸给养。

"水牛"的眼睛只顾瞧莲芳了，左脚踩上一块拳头大小的牛蛋子火石，脚腕一歪，身子扑在地上。

"水牛"是条光棍汉，四十多岁，五短身材，非常壮实，像个榆木墩子。他想媳妇想儿子想得中了魔，言语有些虚妄，每天回家就问"老婆"饭做好了没，招呼"儿子"拿过板凳歇脚，令人听了好笑又心酸。他家贫无地，又不会手艺，靠挑水为生，担山据点建成后，又给日军挑水。麻田生性多疑，下令每挑去一担水，须从两只桶中各舀一瓢，当场喝下去。"水牛"第一次挑水带了自家那只能当头盔的大水瓢，两瓢水下肚就从嘴巴往外漾了，只好向种葫芦的后邻讨了个手巴掌大小的瘪肚子水瓢。后邻说："瓢小架不住多，你舀小半瓢就中。""水牛"摇摇头："不中，太君说一桶喝一瓢。"每天挑完水，他的肚子总是圆滚滚，细听还咣当咣当响，所以得了个绰号"水牛"。

贪恋女色总要付出代价，"水牛"这番事故损失惨重，两桶水淌个精光，左脚腕脱臼，小水瓢也压碎了。他挣扎着爬起来，挑着空桶一瘸一拐刚进担山村东门，又叫一个面皮黝黑、五官紧绷的家伙撞倒。此人是驻担山警备队小队长，姓羊，绰号"干勾蛾"，率部驻扎担山村，任务是协同日军分队防守担山，清剿周边抗日军队。"干勾蛾"骂了"水牛"一声，脚没停，径直进了据点。

一群日军正围着桌子吃饭，一个鼻头像刚出窑的砖头一样红的老兵朝"干勾蛾"点点头，作了个上楼手势。"干勾蛾"笑一笑，踩着木头楼梯咯噔咯噔走上去。因为沉溺酒色，他高耸的颧骨有些发青，网着红丝的黄眼珠子好似蘸了芝麻油，一刻也稳不住。"干勾蛾"上了二楼，见一位绝色佳人囚犯一般坐在太师椅上，低眉垂眼，神色暗淡，有一搭无一搭地跟麻田说话。赛虎蜷缩在墙角，眼睛不睁，偶或耳朵动一动。"干勾蛾"朝麻田深鞠一躬，一脸淫笑道："太君，又弄了个天仙来？"

麻田唔了一声："这位是安丘城的莲芳小姐。"

"干勾蛾"呆了片刻，大拇指往上一翘："我敢说，这是安丘城的头号花姑娘！若在古时候，就是当娘娘的料。"话没说完，就听喉咙里的口水咕咚一声。

麻田来了兴致："娘娘，皇后的干活？"

"干勾蛾"得意道："正是。中国有句俗话：劫就劫皇杠，办就办娘娘。

太君，您就是担山的皇上啰！"

听了"干勾蛾"这番话，莲芳觉得两边脸蛋子上火烧火燎，涌上了一层血晕。心想眼前这个人虽然好色，但说话风趣，性格开朗，不像仁系长那么阴鸷。

"干勾蛾"似乎察知到了莲芳心思，趁麻田不注意，飞快朝莲芳抛了个媚眼。莲芳吓了一跳，连忙低下了头。

"干勾蛾"看在眼里，恣在心里，手舞足蹈讲着些半荤不素的乡间趣闻。麻田酒劲上来了，只想快些跟莲芳春风一度，就对"干勾蛾"道："羊桑，你的没事，快快地回去。"

"你瞧我这脑子，看见娘娘驾到，啥事都忘啰！""干勾蛾"轻轻扇了自己一个嘴巴，骨碌着黄眼珠子道，"昨晚村里出了桩怪事，嗨，真他妈蹊跷，我特地来向太君报告。"

麻田牛眼一瞪："唔，什么怪事？快快地讲！"

"干勾蛾"目光闪闪烁烁："关帝庙那两扇黑门上，不知是谁用石笔画了条长虫，边上写着'小风梢'，上面团着个王八，壳子上写着麻……""干勾蛾"好似嘴里飞进个苍蝇，停住不说了。

"写着麻？"麻田一头雾水。

莲芳扑哧一笑，瞟着"干勾蛾"道："咋不吭声啦？莫非舌头叫娘们咬掉啦？"

"干勾蛾"见莲芳口气带有几分暧昧，心头抹了蜜一般，大着胆子道："还用我说，骂太君呗。"

"谁骂我？"麻田一拍八仙桌，眼珠子鼓出来，像个虎头鱼③。

"干勾蛾"身子一缩："那王八壳子上写着太君名字。"

麻田这才明白过来，他使劲咽下一口恶气，对"干勾蛾"道："晚饭后你在东门等我，穿着便服，不要让别人知道。"

"听凭太君安排。""干勾蛾"深鞠一躬，又道，"莲芳小姐可要好好陪太君哟。"

莲芳昨夜没睡好，一上午又处在紧张不安中，这霎觉得有些疲倦了，就打个哈欠道："太君下去遛狗吧，俺迷糊一会儿。"

见莲芳去了卧室，麻田牵着翠虎来到院中，沿壕沟转悠。不大工夫，酒劲上了头，瞥见远近白杨垂柳，都是莲芳的身影，看到天空朵朵白云，恰似莲芳的丰乳肥臀，不由得欲火上炽。急忙喊来一名士兵照看翠虎，急火火上了炮楼，三下五除二脱掉衣裳，爬上床去。听到响声，莲芳慌忙睁开眼，见麻田精赤条条，两只毛茸茸大爪子朝自己摸过来。她扑棱一声坐起来，攥紧粉色裤腰带，哀求道："这样子可不好！让小笠原知道了……你们还是亲戚！"

麻田大咧咧道："他知道了，一旁眼馋的有！"说罢，一只手攥住莲芳两只手腕，一只手去解裤腰带。不想莲芳早有防范，暗中系了个死扣，任凭麻田勾挑拽扯，始终不得要领。麻田火了，抓她的着辫子向前一拽，莲芳只得乖乖趴下，麻田右膝顶住她腰眼，两手抓着她的花裤子使劲一扯，就听嗤啦一声，顺裤缝裂开条一拃长的口子。

莲芳叹了口气："我自个脱了吧。"她脸蛋红得好似熟透了的油樱桃。

麻田淫笑一声："不用脱了，这样大大的好！"

落到麻田手里，莲芳知道要受番好罪，只是没料想来得这么快。幸亏她是操场旗杆上的老家鹞子④，见惯了大场面，索性眼睛一闭，任凭麻田把她当作一块面团千搓百揉。麻田毕竟不是金刚钻，不到一个时辰便灯枯油尽，四仰八叉，鼾声大作。莲芳原本硬邦邦的身子骨，软得糖稀也似，动一下都十分费力，唯有意识依旧清晰：要是早几天回家的话，听了爹的话，或许就跟着三婶去了东南山，说不定是个棒小伙儿……唉，都是命！她胡乱想着，不一会儿便进入"黑甜乡⑤"中。

夜幕降临，麻田醒来，掏出怀表看了看，扑棱一声跳下床，找出一身黑便服穿上，又拎起莲芳的花包袱扔过去。莲芳似乎睡毛楞了，痴痴睁着一双桃花眼，直到看见自己光着身子，才明白过来。她背过身去穿戴整齐，将弄散了的大辫子用头绳扎好，随麻田下到一楼。等候吃饭的日本兵纷纷起立，齐刷刷向两人鞠躬。炊事兵端上米饭和味噌汤，另外还开了个牛肉罐头，每人只吃了一点，剩余的都喂了翠虎。翠虎饭量很大，吃完罐头，肚子还不饱，绕着麻田来回转悠。麻田将碗中米饭悉数扒拉给它，对红鼻头交待几句后，便一个人出了据点。莲芳没有作声，一个人上了二楼，站在西窗口，望着蜡黄的下弦月，目光昏暗而若有所思。

出吊桥向北走了几十米，麻田放慢了脚步，他隐约觉得这个夜晚有些诡异，似乎缭乱的夜色里藏着一些奇形怪状的东西，令他头皮发麻。麻田生来迷信，每次杀人，都让受害者尸首分离，以为这样那些冤魂就无法复仇了。来到担山后，听说西边史角河里有邪物，年年出人命，他心生恐惧，黑夜一般不敢一个人出去。今天被"干勾蛾"一番话激怒了，竟然鬼使神差出了据点。他想返回，又怕叫"干勾蛾"耻笑，便掏出张开机头的王八盒子，硬着头皮向前走。待影影绰绰看到了圩墙，那颗悬到嗓子眼的心脏才落了回去。东门的轮廓越来越清晰，还能看见上面人影闪动，传来一个古怪的声音："平安无事噢——"

这声音让麻田想起了"小风梢"那口难听的土话，特别是嘎嘎嘎笑起来，就像乌鸦报丧。得知莲芳独守空房，麻田就起了撵走"小风梢"另娶莲芳的念头，不几天就借口一个玉镯子不见了，三拳两脚打翻"小风梢"，又抽出刀来，要豁开她肚子寻找。"小风梢"吓白了脸，连滚带爬地跑了。"小风梢"模样、口音比不上莲芳，可是身段苗条，两条长腿柔韧有劲，能盘在他脖子上倒挂着……麻田正美滋滋地比较着"小风梢"和莲芳的床笫功夫，冷不丁从东门里窜出个瘦长人影，像个撒欢小驴一样奔过来。

欲知后事如何，且看下回分解。

①麻雷子：一种爆竹，个头较大，爆炸声有如雷鸣。

②"蹬倒山"、土蛰子、磕头虫：几种常见昆虫的俗称。"蹬倒山"是蚂蚱中个头最大者，两条大腿强壮有力。土蛰子即蟋蟀。磕头虫是一种小型甲壳虫，身子细长，一旦被人捉住，就频频做出磕头动作。

③虎头鱼：潍坊一带对金鱼的称呼。

④老家鹱子：潍坊一带对麻雀的称呼，微含贬义。

⑤黑甜乡：指梦境。

第三回
汉奸毒设敛财局
村民横遭无妄灾

看到黑影，麻田吃了一惊，连忙举起王八盒子，紧张道："什么人的干活？"

黑影像是着了孙悟空的定身法，一动也不动了，不过嘴巴还能说话："太君，是我啊，老羊。"

"是羊桑。"麻田松了口气，将王八盒子掖进裤兜。

"等了半天，眼珠子都酸啰！""干勾蛾"说着迎上前，上上下下打量着麻田，"太君穿这身衣裳好，活脱脱一个富贵员外，我就像个牲口贩子。"

麻田有些不好意思："我的身材太矮，有你这么高就好啦。"

"朝阳花秆子倒是高，箍不得屋笆，做不了扁担。""干勾蛾"又朝远处一个黑影吆喝道："'黑蹦子'，你过来。"

黑影像个皮球蹦蹦跳跳来到跟前，对"干勾蛾"道："队长你叫俺咋？咦，这矮汉子是谁？"

"干勾蛾"才待开口，麻田哼了一声。"干勾蛾"赶紧道："是后街上'油壶'他二叔，回来晚啰，我正在训他。"

"准是去赵戈街逛窑子啦，幸亏没碰上日本人。"那个绰号"黑蹦子"的警备队员说话嘎嘣脆。

麻田忍不住了，瓮声瓮气道："碰上就碰上，还能怎么着？"

"怎么着？先赏你俩大耳光！""黑蹦子"伸出手指点着麻田面门，看样子想给他一个耳光。

"干勾蛾"担心弄出岔子，赶紧打圆场："这么多废话，快去关门，别走远啰。"

"黑蹦子"嘟哝着走进黑漆漆的大门洞，关闭两扇厚重大门，插上门闩，咔嚓一声上了锁。月牙早就不见了，街巷里黑咕隆咚，家家户户大门紧闭，偶尔传出几声狗吠鹅叫。担山是个大集镇，民风开化，往常到了春天，晚饭后男男女女、老老少少闲不住，在街巷中往来穿梭，串门的串门，遛弯的遛弯，打闹的打闹。自从日军安上据点，担山村百姓如芒在背，老人、妇女、孩子吃罢晚饭就早早熄灯上炕，只有少数青壮年老婆汉子聚在一起玩些"押花会"之类的赌博游戏。

麻田和"干勾蛾"像两个幽灵，一会儿到了村子中心的关帝庙前。这座关帝庙还算气派，三间高房，一色青砖青瓦，门前伫立着几棵侧柏，枝叶纹丝不动，如同雕塑。闹鬼子前，这儿可是村子最热闹的地方，大人孩子晚饭后有事没事都来走一趟，否则这一天就像没有划上句号。"干勾蛾"从口袋中掏出火柴盒，取出一根，正要划着，却见麻田拧亮手灯，白中透黄的光芒照着两扇黑漆庙门，左边门上方是幅石笔画，上面的团鱼有三分像，壳上写着"麻田"，底下小蛇比例失调，若非旁边写着"小风梢"，或许会错认作一根绳子，右边门上方写着一首打油诗：

担山有只大王八，王八会说中国话。

若问王八叫何名？都说王八本姓麻。

麻田一字一顿读完，咔嚓一声关闭手灯："错啦错啦的，我的不姓麻。"

"干勾蛾"一愣，随即道："没错。在中国人习惯里，太君就是姓麻啰。"

麻田又摁亮手灯上下晃了几晃，若有所思道："这个人个头很高，读过书的干活。"

"干勾蛾"摇摇头："人命关天，可不敢乱猜。大槐树北边曹家祠堂里常有人聚赌，不妨去探探风声。"

麻田关闭手灯，暗暗摸一下口袋中的王八盒子："你的，前边带路。"

看官或许要问：是哪位好汉吃了忽律心吞了豹子胆，敢在关帝庙门上作画写诗骂麻田？其实这位"好汉"不是别人，正是警备队小队长"干勾蛾"。难怪古人有云："来说是非者，便是是非人。"

"干勾蛾"是北乡坊子人，他父亲在车站上卖烧肉，供应他刚上完小学，就得了急病去世。"干勾蛾"学上不成了，就去了赌场打杂，十八般武艺样样精通，渐次成了职业赌客，一次"出老千①"失手，被人砸断一根手指，就跑到安丘城参加了警备队，因为上过学，能说会道，遂被派至担山当了个小队长。"干勾蛾"除了嗜赌，更兼好色，四乡八疃有点姿色的风流娘们儿都被他睡过，欠了一腔风流债，常有女人上门要钱索物，弄得他颜面尽失。平日里无所事事，一直琢磨生财之道。经过多日冥思苦想，他终于想出一条凶险之计，下狠手激怒麻田，利用百姓胆小怕事、破财消灾的心理，狠狠敲倒霉蛋一笔。当然，这计策就是刀口舔血，弄不巧会招致杀身之祸。

却说麻田和"干勾蛾"离开关帝庙，来到槐树底下。暮夜里，大槐树身披黑甲，头顶乌云，显得神秘莫测。两人藏身树后，眼盯着祠堂大门口，见无人进出，就一左一右凑了过去，发现两扇黑门虚掩着，并未插门闩。"干勾蛾"轻轻摁住碗口大小的铜环，推开一条缝，侧身进去，麻田紧跟其后，蹑手蹑足来到窗前。窗棂上贴着白纸，透出橘红光晕，影影绰绰只见人头攒动，却听不清说啥。麻田半蹲下身子，脑袋靠近窗户，伸出舌头舔了一下，窗纸上现出一个椭圆小洞，麻田一只眼睛凑上去。少顷，里面传出一阵轰响，声浪似乎要把屋顶撑破。原来今天的"花会"刚揭晓，"会门"是"窑姐"（行话叫"春红"），那些押"状元"（行话叫"笔杆"）、"木匠"（行话叫"箱子"）、"兔子"（行话叫"豁子"）、"乌龟"（行话叫"河神"）、"观音"（行话叫"菩萨"）等其他门的都赔了个干净，一个个像死了亲娘老子，捶胸顿足，呼天抢地，少数赢家则是比中状元、当新郎（新娘）还要兴奋，眼睛放光，印堂发亮。大赢家叫曹尊礼，是个身姿挺拔的庄户汉子，被人拥簇着发表获奖感言："今晚多亏了'春红'，给俺补了补身子。你们不知道，前几天去办事处送韭菜，叫麻田拽住陪他掷骰子，输了个光腚，一春白忙活啦。"

另一个叫杨宪章的赢家似乎深有同感，接过话茬道："姓麻的看起来像个老面瓜，实则满肚子坏水，贪财更好色，听说他耍够了'小风梢'，一脚把她踹出了吊桥。'水牛'，你说是不是？"

蜷缩在墙角抽烟的"水牛"扶着墙站起来，迷迷瞪瞪道："俺也好几天不见'小风梢'啦。以往去送水，她就朝俺斜溜眼，弄得俺心里怪痒痒。"

杨宪章吧嗒吧嗒厚嘴唇："她这是把你往阎王殿里送呢，你还恣得了不的！"

"水牛"面无表情："太君又弄了个小娘们儿。"

杨宪章饶有兴趣道："长得啥样？说来听听。"

"俺也是光看了个背影。""水牛"举起乌溜溜的烟袋杆，"今晌午俺去据点送水，碰见太君从六轮子上下来，挎着个小娘们儿，腚槌子就像俩葫芦。"

"干勾蛾"听得入迷，麻田脸庞却变成了块熟猪肝，鼻孔中呼哧呼哧喷粗气，一拧身子离开窗口，"干勾蛾"紧走几步撵上去，抢先推开一扇门，麻田硬撅撅闯进去。

祠堂里原本灯光昏暗、烟雾缭绕，加之人们都沉浸在兴奋和懊恼中，对于这俩不速之客，多数人都没在意，还以为是撒完尿才回来的赌客。有个坐在门口看景的白胡子老汉发现了异常，伸手戳了身前一个长着副老驴脸的中年娘们儿后腚两下。"老驴脸"昨晚梦见自己当了窑姐，原本打算押"春红"，清早起来又见正南有朵白云像兔子，遂改变主意押了"豁子"。她一颗心几乎碎了，正抱头反思，不承想被"白胡子"打乱了方寸，于是回转头气咻咻道："三爷爷，你戳俺腚咋？"

"白胡子"大窘，张口结舌，偷偷指点麻田和"干勾蛾"。"老驴脸"懵懵懂懂，抬起碾砣子大腚，凑近麻田细细打量。突然，她失声尖叫："可了不得！怎么是你？"

众人目光被她这一嗓子喊叫吸引过去，待看清了竟然是麻田、"干勾蛾"俩魔头，几十张嘴巴似乎都被鳔胶粘住了。

麻田目光一扫，恰好跟曹尊礼四目相对。因为弄不清麻田所为何来，曹尊礼只好佯装镇静："太君来啦？'花会'刚开，托您洪福，俺总算押对了一次。"

麻田不答话，拨开人丛走过去，拉下脸道："你的刚才说我坏话，我都听见了，你是大大的坏人！"

曹尊礼一愣，额上沘出黄豆大的冷汗珠子，他擦了一把，硬着头皮道："太君，俺是大大的好人，不信你问问老少爷们，俺说您赢了钱，没说您坏话！"

麻田一个劲摇头："你的口气大大不满，我的明白。"

曹尊礼牛脾气上来了，斜楞着眼珠子道："太君咋不讲理呢？俺一个庄户嘴巴子，又不会搜文嚼字！"

他话音未落，脸上挨了麻田一个大耳光，登时眼冒金星，头晕目眩，半边脸肿起来。麻田震得手掌酥麻，他偷偷甩了甩，朝"干勾蛾"喊道："捆起来。"

"干勾蛾"掏出根麻绳，将曹尊礼双手捆在身后，小声道："卖黏粥的折了本，吃了糨（犟）的亏，怎么不看死眼活眼。"

杨宪章眼见不妙，连忙缩短身子，溜向门口。麻田早瞧见了，一个箭步冲过去，端平王八盒子朝他左肋狠狠捣了一下。杨宪章嗷一声弯下腰，揉搓了好一阵子，才抬起头，瞪着眼睛道："太君，有事说事，这样子要出人命啊！"

麻田举起王八盒子，朝上开了一枪，屋笆上的灰尘、蜘蛛网哗啦哗啦落下来，弄了麻田一脸。"干勾蛾"凑过去道："太君沉住气，查清了再杀也不迟。"

麻田收起王八盒子："这俩坏蛋嫌疑大大的，带回去细细拷问。"说完，大摇大摆出了门。

"干勾蛾"押着曹尊礼、杨宪章走到门口，叫"白胡子"拽住了："太君喝醉了吗？怎么进来就打人！"

"干勾蛾"一脸无辜："今晚太君进村私访，在窗户外都听清啰。骂别人不要紧，单单骂了太君。真是！"

"白胡子"不死心："你和太君求个情，又没杀人放火……"

众人七嘴八舌附和："是啊，是啊，羊队长脸面子大……"

"干勾蛾"抿抿薄溜溜嘴唇："我算个屁，给太君提鞋人家都嫌指头粗！"

众人面面相觑："这可咋办？进了据点，不死也得脱层皮。"

"是哩，能囫囵着出来就算烧了高香了。"

"叫龙王庙里老高掐算掐算。"

"干勾蛾"身子出了屋，又回过头来低声吩咐："告诉两家子，该咋办就咋办，晚了可就完啰。"

再说麻田、"干勾蛾"押着曹尊礼、杨宪章回到据点，将两人捆成虾米形状，扔进炮楼底层一间黑屋子。翠虎听见了，从二楼跑下来，朝着黑屋子呜呜吼叫。麻田大喜，令士兵打开门，翠虎嗖一声跳进去，在两人身上嗅了嗅，呜呜叫了一阵，又走出来。看到麻田一脸失望，"干勾蛾"道："饿上几天，就什么都吃啰。"

麻田道："小笠原君回国养伤，高岛太君叫我代管。我怕饿坏了，无法去见小笠原君。"

"干勾蛾"揣测曹尊礼、杨宪章的家人肯定捏着大把银圆在警备队门口等他了，恨不得插翅飞回，就对麻田道："凭着个花枝似的娘娘躺在龙床上，太君也不急得慌！"

麻田咧开嘴笑笑："今晚大大的累，睡觉的有。"

"干勾蛾"指指黑屋子："这俩家伙咋办？"

麻田道："明日审讯，如果是他俩，统统活埋。"

"干勾蛾"身子飘飘，哼着小调返回担山村警备队住所，鞋子不脱，四仰八叉躺在炕上，一个劲夸奖自己：老羊，你他妈真有种，钱一到手，先把赵戈街浪杀人的'大鹁鸽'包下来，凌家庄子那个常年穿孝的小寡妇也有些意思……可惜曹莲芳叫麻田占啰，只能过过干瘾……鸡往后刨，猪朝前拱，挣钱各有门道，以后这种事还得常揍②……"干勾蛾"正胡思乱想，哨兵在门口通报，说有俩人来访。"干勾蛾"知道财神来了，故意躺着不动，口中不耐烦道："深更半夜的，不叫人睡觉啰！"

俄顷，门帘轻轻掀起一角，趔进俩神情焦灼的庄户汉子，一个是曹尊礼的大哥，另一人是杨宪章的叔父，俩人沙哑着嗓子叫了声"羊队长"，泪水哗哗顺着腮淌。"干勾蛾"慢腾腾坐起来，抠出粒眼眵用手指团着："都不是外人，有话直说。羊某啥脾性你俩又不是不知道。"

曹尊礼的大哥擦一把泪水道："今晚祠堂开花会，俺兄弟尊礼押中了，恣昏了头，多说了话，叫麻田太君听见啦，把他和杨宪章抓进据点。俺们些庄户孙，不知道该咋办。"

"唔，是这档子事！""干勾蛾"略显惊讶，而后摇摇头，"回去准备后事吧，甭个多说啰。"

俩人大惊，一左一右抓住"干勾蛾"两只手不放，就像溺水之人抓住了根救命稻草。

"羊某不是不帮，是真帮不了！""干勾蛾"甩开两人满是泪水的手巴掌，"麻田太君火大啰，最迟明日下午活埋，唉，还不如一枪崩了痛快。"

俩人慌了神，扑通跪下，连连磕头。"干勾蛾"耐不住焦躁，厉声道："你们这些屌庄户汉子，全然不晓得人情世故，人命关天，光凭羊某三寸不烂之舌就办成啰？！"

曹尊礼大哥嗅出些味道，抬起身子道："需要啥，羊队长您尽管吩咐。"

"干勾蛾"伸出右手中指点着两人额头："日本人大老远来中国干啥？还不是为了发财！这么重的案子，没有黄货也得有这个。"说着，他收回中指，将拇指、食指团成个银圆模样，朝两人晃晃。"联合票③子可不办事。"他又加了一句。

"有啊，有啊，"曹尊礼大哥连忙从口袋中抓出一把银圆，小心翼翼放在床头，"这是他俩押花会赚的，全拿来了，您先用着，我俩回头再去弄，豁上砸锅卖铁。"

"干勾蛾"伸手试试银圆堆头："天一亮我就去找麻田。这些显然不够，我先添上，我手头也綦紧巴……"

曹尊礼大哥见事情有了眉目，拍着胸脯道："羊队长只管放心，都是正南正北人家，还能叫你坐蜡！"

杨宪章的叔父是个结巴，在旁边一个劲附和："就……是……就……就是……"

"干勾蛾"摸着下颌想了一阵子，朝两人招招手："你俩过来听听，这样中不中。"

两人凑上去，竖起耳朵。"干勾蛾"黄眼珠子骨碌碌飞转，如是这般交待了一番。

欲知后事如何，且看下回分解。

①出老千：赌博中作弊。
②搋：山东方言，做。
③联合票：日伪操纵的"中国联合准备银行"发行的纸币，面额有壹圆、伍圆、拾圆、壹佰圆、壹仟圆五种主币和壹分、贰分、伍分、壹角、贰角、伍角六种辅币。因为信誉很差，群众都不愿使用。

第四回
麻田逍遥担山村
"四楞"告密据点中

翌日一大早，轮到绰号"三邪""四楞"的两名警备队士兵在东门站岗。俩人取了钥匙，一边伸懒腰一边打哈欠来到东门，打开铜锁，推开两扇大门。等候上坡干活、外出赶集的百姓一股脑儿挤出去，有的奔南，有的去北，还有的向了东。"三邪"点上支烟吸着："这些庄户孙，一霎不摸锄把子，手就痒痒。拼死拼活干，还能挣来座金山？！"

"四楞"接过话茬："你没听人家讲：命里有米共九斗，辛劳到死不满升。越是穷汉子越是白忙活，财贝到了手中也会溜走。"

"三邪"团起嘴巴子，朝着天空吐出一串鸡腚眼大小的烟圈："是这么个理。俺庄里有个穷汉在坡里刨老鼠仓，挖出一堆元宝模样的东西，挎回家后，向人打听银元宝啥模样，人家都说白亮亮、光灿灿，他见那些东西黑乎乎，断定不是银子，就扔在墙角。一天，有个乞丐上门，一眼瞥见了，问他卖不卖。穷汉说不是银子可能是铅，不值钱。乞丐说，铅就铅吧，你要多少钱？穷汉说，什么钱不钱的，你拿走吧，搁在家里还占窝占埝子。其实，那是从户部库房流失出来的足银，像铅一般软和，埋在土中容易变黑。那个乞丐识货，发了笔横财，又盖房子又置地，成了富甲一方的财主。"

"四楞"道："小财不顶事，发就发横财。发横财的人脸上带着，我看姓羊的这几天印堂发亮，目光灼灼，似乎要发个横财，要不，就是离血光灾不远啦！"

"三邪"知道"四楞"对"干勾蛾"心怀不满，就火上浇油道："一只潍县黑老鸹也想来担山充大尾巴鹰，也不想想那根指头是咋断的，就知道他妈的吹胡子瞪眼！"

"四楞"斜楞着眼珠子道："不就个小队长，咱又不是干不了。"

"三邪"阴恻恻道："甭说个豆虫大小的小队长，中队长你也干啦，老四，在咱警备队，我就服你一个！"

两个人正得意忘形，"干勾蛾"匆匆过来，脚步没停，对"三邪""四楞"道："瞪起眼来，一会儿太君进村。"

"四楞"没答话，"三邪"油腔滑调道："这点小事，好办！"

再说"干勾蛾"一溜小跑来到吊桥前，扯开嗓子喊了一阵。值班哨兵没答话，一步一步踱到辘轳边，慢腾腾地解开绳子。吊桥刚落下，"干勾蛾"几步过去，正碰上麻田牵着翠虎在溜达。麻田招招手："羊桑，你来得正好，吃了饭和我一起审问那两个嫌犯。"

"干勾蛾"深鞠一躬："又有情况啰！昨晚圩墙东北方向的阳沟被人掏了个大洞，联系到关帝庙门那件公案，更觉得情势可疑。卑职已令百姓动工，堵塞那个大洞。"

麻田心头一惊，竖起右手大拇指道："羊桑，你的警惕大大的！我的，亲去检查！"

"三邪""四楞"见麻田真来了，急忙吐掉香烟，持枪肃立，目不斜视，如同大内侍卫一般。过往百姓连同牲口纷纷驻足行注目礼，有头拉车的叫驴瞥见了前方的草驴，觉得机会难得，昂起脖子，咧开嘴唇，正欲高歌一曲，被主人抽了一秫秸，吓得赶忙闭上了嘴。对于这番礼遇，麻田很是受用，破天荒地向村民、牲口们点点头，跟着"干勾蛾"进了东门右拐，沿着圩墙下跑马道向北走去。

过了一片地头架着辘轳的菜地，就见前边圩墙上有个半人高的洞口，附近围拢着七八个村民，有的扛着锨，有的胳膊下夹着瓦刀，指指点点，喊喊喳喳。墙根艾蒿棵子上，一只瘦骨嶙峋的黑母狗懒洋洋地侧躺着，前腿弯曲，后腿伸直，四只黑炭一样的小狗趴在它肚皮上，支撑着小腿吃奶，把黑软枣一样的奶头嘬得很长。稍远处，几只母鸡在粪堆上乱刨，引得一只路过的火焰一般的公鸡停下脚步，歪头凝眸。泥瓦匠中不知谁说了句"来了，来了"，众人像听到圣旨，急吼吼地忙活开来，铲土的铲土，搬砖的搬砖，一个脑袋铮亮的小青年挑着两只木桶不声不响去了菠菜地。"干勾蛾"看见了，大声骂道："你这个秃厮，半头晌了，一担水也没挑，还问我讨工钱，看我不给你两棍子！"他又朝泥瓦匠们摆摆手："都先靠边站，太君要亲自视察。"

众人赶忙撂下手中家什，退到一旁。"干勾蛾"附在麻田耳边说了几句话，缩起身子，钻到圩墙外面。过了片刻，麻田也牵着翠虎钻出去。墙外是块大麦田，麦苗约有一拃高，地面酥软平整，可以看到几行清晰的脚印。"干勾蛾"指着脚印道："太君您瞧，不可能是一个人干的。"

麻田摸摸鼻头下那只"屎壳郎"，阴沉沉道："村中奸细大大的，所有阳沟统统堵死，警备队晚上加强巡逻！"

"干勾蛾""哈依"一声："卑职早就安排好啰，管教这圩墙固若金汤，连个地皮子①也进不来。"说完，睃了麻田一眼："今个好天气，太君难得闲暇，去区公所试试手气？"

麻田黑亮的眸子射出两道精光："大大的好！大大的好！"他话音刚落，麦田里窜出一只野兔，翠虎嗖一下追上去，眼看扑住了，野兔一个急转弯，又从它爪下逃脱。翠虎吼叫一阵，耷拉着红舌头跑回来。麻田忽觉头晕心慌，昨日下午一场肉搏，深夜率残兵败将又卷土重来，将积年余粮消糜殆尽，身子空荡荡像具空皮囊，故而走起路来脚下无根。"干勾蛾"急忙劝道："太君累啰，翠虎也渴啰，你瞧，舌头伸得大长长。"

二人一狗钻过阳沟，麻田挨着看了看那几个正在忙活的泥瓦匠，发现其中一个一边砌砖，一边抽泣，就走过去拍一下他的肩头："你的，为啥哭泣？"

那人不说话，哭得更厉害了，泪水冲掉了鼻翼两侧的灰尘。麻田脸上露出难得一见的怜悯神色："男子汉大丈夫，哭泣的不要！"

那人放下瓦刀，抹了把泪水，弄得脸上斑斑驳驳："俺兄弟要被太君活埋啦！"

麻田一愣："你兄弟是谁？"

那人停止抽泣，大着胆子道："曹尊礼啊，太君您认识的，他可没有坏心眼，就是好耍个钱。"

原来此人是曹尊礼的大哥，阳沟也是"干勾蛾"安排他和杨宪章的叔父连夜偷偷挖开的。麻田跟莲芳鏖战一夜，早把曹尊礼、杨宪章丢在了爪哇国，这工夫想起来，心中依然有些气愤："昨晚他俩侮辱皇军，活埋大大的应该。"

曹尊礼大哥深鞠一躬："太君误会啦，俺那兄弟顶数佩服您，说您天分太高啦，神灵一般，还打算拜您为师哩！"

麻田唔了一声，没有说话。曹尊礼的大哥放下瓦刀，从怀中掏出个指头

25

肚大小的金老鼠，硬塞进麻田手中："太君开恩，饶了俺兄弟吧，活埋他管啥用？还臭了块地！"

麻田手指摩挲着金老鼠，脸上浮上一丝笑意："曹桑我的熟悉，另一个刁民大大的！"

曹尊礼的大哥陪着小心道："太君是说杨宪章吧，他跟俺邻居，人是好人，就是嘴臭。"

这工夫，"干勾蛾"训完秃头小青年，过来朝曹尊礼他大哥的后腚点了一脚："在这里嚷嚷啥，干活去！"

曹尊礼的大哥身子一晃悠，拿起瓦刀砌砖去了。麻田下巴骨一仰："他真是曹尊礼的兄弟？"

"干勾蛾"嘴一咧："是曹尊礼的大哥，绰号'大泥板'。"

麻田眯缝着眼睛道："支那人喜欢起绰号，人人都有。羊桑，你的什么绰号？"

"我么？""干勾蛾"一脸尴尬，"听说叫……叫……叫啥干……干勾蛾子。"

麻田嘎嘎一笑："我的知道，你的飞虫大大的。"

"干勾蛾"挓挲开两臂，权作翅膀扇了几下，哈哈哈哈大笑起来。

区公所先生②吕耀武是个四十来岁的黄胖子，两撇八字胡修剪得整整齐齐，正坐在一张做工精致的三抽桌前拨弄着算盘子对账，一个面色沉郁的工友走进来，说麻田和"干勾蛾"来了。吕耀武把账本往抽屉里一塞，小跑着来到门口，对着麻田鞠了个九十度大躬，极尽谦卑道："一大早听到梧桐树上野巧喳喳叫，我就知道有贵人要来，这不是真来了！"

麻田拍一下吕耀武肩头："吕桑，你的很会说话，我听了高兴大大的。"

吕耀武又朝"干勾蛾"点点头："羊队长有空就陪太君勤来啊，我这脸面上也有光。"

"干勾蛾"鼻头一耸："净拉好听的。好几次听说你在，我来啰，就是找不到人。"

吕耀武面皮微微一红："不可能！吕某难道会土遁？"

"干勾蛾"手一摆："别犟了，难得太君闲暇，去叫刘杰三来凑个局。"

没等吕耀武发话，工友过来道："吕先生，我去请刘主任，茶都沏好啦。"

"快去，快去！"吕耀武又嘱咐一句，"叫他捎着钱，别总想着空手套③。"

吕耀武陪麻田、"干勾蛾"正在屋里喝茶，耳畔响起一阵咚咚脚步声，旋即闯进一个留着大背头的中年汉子，嘴里大吆小喝。这人就是四乡镇联合办事处主任刘杰三，相貌也算堂堂，就是孟孟浪浪，像个跑江湖的。他见麻田坐在八仙桌正位，慌忙上前鞠躬。不料翠虎呜一声跳起来，张开爪子扑上去。刘杰三慌忙后退，却被门槛绊了一下，仰面摔倒在青石阶上，眼看着狗嘴中那四颗白厉厉尖齿就要刺入自己喉管，他大叫一声"俺的娘啊"，晕厥过去。麻田急忙喝住翠虎，"干勾蛾"和吕耀武慢悠悠上前，又是掐人中，又是揉胸口，七手八脚弄了一番，刘杰三才舒出一口气，慢慢睁开眼皮。

麻田踱过去道："刘桑，胆量小小的！"

刘杰三苦笑一声："俺还以为做梦呢。"

"快起来，别耽误太君好事，"吕耀武又低声道，"也不知做了什么孽，狗见了就咬你。"

刘杰三瞪他一眼，一咕噜爬起来，朝着翠虎连连作揖："一进门就跟俺亲热，看来有些缘分哩。"

麻田笑眯眯道："刘桑心地善善的。"

刘杰三愈加得意："太君的爱犬，看着就爱将④人，怎么着也恨不起来。"

"怎么不一口咬掉你的鹏子⑤！"吕耀武瞥他一眼，对麻田道，"太君请入座，天不早了。"

麻田、"干勾蛾"、吕耀武、刘杰三四个人按照东西南北方位坐在一张八仙桌旁。吕耀武轻轻呷口茶："玩点啥？搓麻将还是掷骰子？"

"干勾蛾"道："听太君的。"

"这个不消说，远来是客嘛。"刘杰三频频点头。

麻田毫不谦虚，厉声道："那就掷骰子，照老规矩办，不准欠，否则三宾⑥的给！"

"就是，就是，欠着就没啥意思了。"几个人伸臂撸袖，摩拳擦掌。

约莫正午时分，那个工友又进来，凑到吕耀武耳旁，小声道："送来了。"

吕耀武略一点头，直起身子对麻田道："太君，吕某擅自做主，从赵戈街聚仙楼叫了一桌菜，您可得给个面子哟。"

麻田好似没听见，只顾低头数眼前的银圆和票子。"干勾蛾"抬起头道："太君，吃了再玩？"

麻田还不答话，又将跟前的银圆、票子数了一遍，喜滋滋道："开饭的有。"

刘杰三将眼前那堆东西刷拉一声推到麻田眼前："都是赢的，太君一块拿着。"

趁"干勾蛾"陪麻田去屋门口水瓮旁洗手，吕耀武凑近刘杰三，阴幽幽道："老弟真会舔，舔出屎来，可就不门面①啦。"

刘杰三反唇相讥："平日里你抠抠腚眼，咂咂指头，咪溜⑧到拐肘子，太君一来，赶忙去聚仙楼叫菜，你不会舔？！"

这时候，工友和送菜伙计提着两个木头食盒进来，变戏法一般在八仙桌上摆了八个大盘并一坛南乡朱子村酿制的烈性烧酒。"干勾蛾"抱着坛子晃了晃，拍开坛口封泥，小心揭去厚厚的牛皮纸，一股浓郁酒香在空气中氤氲开来。"干勾蛾"嗅嗅鼻子："这酒不糙，不比景芝街的差。"

吕耀武恬然道："就是劲头大，你划根洋火往上一凑，就冒蓝火苗子。"

刘杰三挑了些好肉好鱼，用个青花碟子盛着，双手奉至翠虎跟前。翠虎抬头看看麻田，吧唧吧唧吃起来。刘杰三大拇指朝麻田一翘："大日本狼青，名不虚传，通人性。"

麻田赢了钱，心情就像十八岁闺女青草湾驴，吱溜吱溜一连喝了十几盅，还反客为主，频频给其他三位斟酒。刘杰三有些忘乎所以，大着胆子道："太君，您新搞的娘们儿听说是个天仙，比起'小风梢'味道如何？"

麻田一脸淫笑："'小风梢'太瘦，趴在她身上怪硌得慌，我的不要啦。"

吕耀武梗着舌头道："像太君这样，才不枉来世间走这一趟，我这等老派中国人，只会认着一个子凿。"

刘杰三道："吕先生只认着一个卵子凿的话，早就成了细木匠啦。"

"干勾蛾"见两人斗嘴，生怕搅了麻田兴致，摆摆手道："人生在世，吃喝嫖赌，二位该知足啰。"

酒足饭饱，"干勾蛾"扶着麻田离开区公所，返回据点。进了炮楼后，"干勾蛾"恍然道："哎，那俩家伙咋办？不行就杀上一个！"麻田饧饧着一双醉眼，挥挥手道："统统滚蛋！"

红鼻头老兵赶忙敞开黑屋子小门，拖出曹尊礼和杨宪章。麻田抽出腰刀，在两人大腿上划了两道血口子，说是留个记号，而后领着翠虎咯噔咯噔上了二楼。"干勾蛾"上前给二人解开绳子，意味深长道："差点没把我急躁杀！"

曹尊礼、杨宪章大难不死，家人对"干勾蛾"感激不尽，忙着卖肥猪，粜豆子，换成的大洋、纸币悉数进了"干勾蛾"腰包。钱是人的胆，钱多了，胆气就壮。一次喝得酩酊大醉，"干勾蛾"嘴上少了个把门的，竟把蒙骗麻田、讹诈百姓这件事泄露了天机，把酒友们吓了一大跳。

数日后，"干勾蛾"聚众在警备队赌博，不知何故，跟"四楞"起了争执。旁边看热闹的不怕事大，乱纷纷添油加醋。两人骂了没几句便抢起了皮槌。"四楞"人缘不好，叫旁边一人使别腿放倒，"干勾蛾"趁机骑上去，抡起拳头猛砸，一边砸，一边嚷："我知道你眼中没我这个小队长，今日不打出你的牛黄狗宝来，我就不他妈姓羊！"

"四楞"也算条汉子，挨了十几拳，两眼肿成毛桃子，鼻孔中鲜血汩汩，脸上依旧挂着笑意，口中还一五一十数着。众人知道不妙，上前拉开"干勾蛾"。"四楞"舔掉嘴角、唇上的血迹，爬起来，手扶墙壁慢慢去了。屋里一下子静下来。小队副不安道："'四楞'向以地头蛇自居，这番栽了面子，肯定不会罢休，队长得小心啦。"

"这家伙欺男霸女，鱼肉百姓，他干的哪桩事我不清楚！？我看他这条小泥狗⑨能翻腾起多大风浪！""干勾蛾"嘴头强硬，私下还是派小队副通融说和。"四楞"却是出奇的大度："都是大男人，揍几拳算个啥？叫队长放心就是！"

得到这句回话，"干勾蛾"心头释然，又让小队副捎去几块银圆。其实"四楞"根本没闲着，正四处搜罗"干勾蛾"罪证。过了不几天，果然凑了十大罪状，头条就是曹尊礼、杨宪章这桩公案。状子写好后，"四楞"找机会去了趟据点，将状子亲手呈给麻田。对于担山村发生的一连串蹊跷事，麻田早就心存疑惑，看了四楞的状子，心中登时明白了大半。

欲知后事如何，且看下回分解。

①地皮子：潍坊方言，指黄鼬。

②先生：文书、会计一类差事。

③空手套：指"空手套白狼"。

④爱将：潍坊方言，讨人喜欢。

⑤鹏子：潍坊方言，指男性生殖器。

⑥三宾：日语，耳光。

⑦门面：安丘北乡方言，体面。

⑧咪溜：潍坊方言，舔。

⑨泥狗：潍坊方言，指泥鳅。

第五回

"干勾蛾"史角河逃生
曹莲芳龙王庙求助

当日黄昏刮起了北风，携裹着尘土、草叶的风柱在田野上起舞，大朵的黑云如浩荡舰队压过来，似乎要擦着树枝屋顶。继而黄豆大小的白雨点子落下来，绵密地向着松软的土地倾泻，水洼冒着泡，汇成水流，淌进了小河沟或者水塘。

麻田吩咐了"红鼻头"几句，率四名荷枪实弹的士兵穿着黄绿色雨衣去了担山村，径直闯进警备队部。找到正在掷骰子的"干勾蛾"，二话没说，堵住他的嘴，捆成个肉粽子，连踢带打押进炮楼，塞进麻袋中，用麻绳将口子封死。子夜时分，麻田从二楼上下来，跟红鼻头老兵吩咐几句，"红鼻头"哈依一声，叫来一名士兵，将麻袋扔进油筐，用杠子抬着，踩着泥泞的村道，深一脚浅一脚出了炮楼，直奔史角河畔一处叫黑龙口的河汊子。雨早停了，乌云渐次消失，露出了黑水晶一样的夜空。

到了黑龙口，似乎听到几声狗叫，细听又没有了。"红鼻头"拧亮手灯四下里照了照，和同伙抬起麻袋，左右晃了几晃，扑通一声扔下去，几只在芦苇上露宿的小"苇喳①"受惊不小，扑棱着翅膀飞远了。眼见麻袋沉底，芦苇和水面恢复平静，"红鼻头"和同伙匆匆离开。

过了片刻，打南边跑来一个黑汉子，身后跟着条步履蹒跚的大狗。黑汉子三把两把脱掉衣裳，试探着下了水。大狗焦躁不安，兜着圈子，喉咙中呜呜咽咽叫个不停。黑汉子来回踩了一阵，屏气潜到水下，费了好大劲将那只麻袋拖到岸上，解开封口的麻绳，"干勾蛾"的脑袋露出来了。黑汉子扯去麻袋，让"干勾蛾"的肚子趴在自己拱起的大腿上，在他腰背处使劲压了几下。

30

须臾，"干勾蛾"嘴里哗哗淌出不少水。黑汉子将他平放在地上，使劲掐他的人中穴。过了五六分钟，"干勾蛾"上来一口气，睁开眼睛看看，断断续续道："刚才……我……是不是……死啰？"

黑汉子又冷又紧张，牙齿格格响："你命……大，碰上了俺……俺，刚到鬼门……门关，又叫俺拽回来啦。"

"我这不……捡了条命！""干勾蛾"身子抖成一团，"请问恩人……尊姓大……名？"

黑汉子心情放松，一下子瘫坐在地上："俺姓高，是个看庙的，今晚出来钓黑鳝，听见狗咬，起来一看，见打西边来了俩人，抬着个油筐，俺知道有故……故事，就和狗趴在树林里。你跟谁结了死仇，咋下这样狠手！"

"干勾蛾"吐出一口气："我在担山警备队当兵，为搭救百姓得罪了麻田。你救了我的命，就是我的再生父母，客气话就甭说啰。"

黑汉子朝蹲坐一旁的大狗吆喝道："老黄，拿衣裳来。"

大狗摇着尾巴，衔过黑汉子的衣裳。黑汉子从口袋中掏出把明晃晃的匕首，噌噌两下，挑断捆绑"干勾蛾"手脚的绳子："这些年俺在这条河里救了些人了，有好人，也有坏蛋。"

"干勾蛾"活动活动手脚："没人来答谢你？"

黑汉子兴奋起来："怎么没有？赵戈街有个鞋贩子给了俺双水鞋，北院庄有个老婆和汉子吵嘴，跳了河，俺救了她，她非得跟着俺……嘿嘿，那怎么行？他那屌汉子还不得来把庙挑啦②！也有的怨俺，说耽误了去富贵主家投胎。"

"说这话就没人味了，果真投了胎，也就托生个牲口！""干勾蛾"拍一下胸脯子，"你放心，我不是那号人！"

"俺救人可不是为了图报答！"黑汉子打个寒噤，"起风了，先去庙里烤烤衣裳，天明再作打算。"

这老高是条光棍汉，原来在潍河东岸一座龙王庙中掌管祭祀杂务，后来潍河发水，冲垮了庙宇，他失去了栖身之所，游荡至史角河边这座近乎荒弃的龙王庙，就住下不走了，除了看庙，也干些请神、拿邪、抽签、卜卦、卖药之类的杂活。老高搀扶"干勾蛾"在前，老黄狗衔着麻袋随后，穿过一片密匝匝的柳林，进了一座没有院落、仅有三间正堂的小庙。下弦月升起来，像一柄锋利的金色镰刀挂在东方，照得青砖青瓦昏昏黄黄。

　　按下此事不提，却说莲芳来到担山据点眨眼半个多月了，除了晚间陪麻田说话、睡觉，白天无所事事。她要啥麻田给啥，就是不准回安丘城。莲芳性情玲珑，眼见一时半霎不得走脱，遂放软身段，曲意逢迎。麻田心头暗喜，认定莲芳是他的人了，也就放松了管束。一个静谧午后，麻田一行五人身穿便衣骑着自行车去了黄旗堡火车站。莲芳洗完头，对着镜子正跟自己说话，一只戴胜落在东北窗口，咕咕叫了两声，又飞走了。莲芳探出头去，见天空像玻璃一样透明，鸟儿们高高低低飞着叫着，那么开心快活。远处的斜山③飘飘渺渺，有如仙境。她听老人说过，斜山上住着刘伯温，是个半仙之体，专门铲除邪恶，若他老人家在，动动小拇指头就能把麻田送进阴曹地府。古时候有神仙，有侠客，不晓得为什么越来越少了。她心头纷纷扰扰，独自出了据点。正不知往哪个方向走，忽听史角河方向传来蛙叫，就循着声音去了。

　　史角河源自团埠村后，拐向东北，像某位仙人用手指划了一条微微起皱的弧线。至后担山村，水面渐宽，流速放缓，河底淤泥似墨，盛产泥鳅、黑鳝、黑壳蟹，名气之大，不亚于潍河中的四鼻孔金翅鲤鱼。莲芳沿着松软的土岸向南走，感觉阳光有些热，就蹲在水边捧起清凉的河水洗了把脸，对着镜儿似的水面将一头蓬松青丝编成两条麻花辫子。水面上漂着许多浮萍，像是惹人喜爱的女孩子的笑容。莲芳正想伸手捞一片，就听对岸哞了一声，从灌木丛中转出头弯角黄牛，牛背上骑着个袒胸露腹的半大小子，酸声酸气吆喝道：

　　　　河边上，大姑娘，撅着屁股洗衣裳。
　　　　麻花辫子随风摆，两个奶子乱晃荡。

　　末了，又如发情公牛一般，嗷嗷叫了两声。莲芳啐了一口，屁股一拧，起身走上河岸。向南穿过一片垂柳，眼前赫然现出一座青灰色庙宇。莲芳打小跟着娘走街串巷，养成了一个习惯：逢庙必进，逢神必拜。她见庙门半掩，便放轻脚步走了进去。正堂中间面南背北是龙王塑像，跟前摆着个大香炉，里面堆满了香灰，经年累月香烟袅袅，龙王原本高贵的脸庞被熏得乌黑，跟包公有几分相似。莲芳一向对土地④、龙王、雷公、风伯、雨师这类不解风情的神祇不感兴趣，草草看了一眼，正欲离开，就听东间传出细微的声响。她悄悄过去探头一看，就见一位面皮干枯的老汉眯缝着眼睛在香案上忙活。这人就是老高，正往香灰里加甘草、黄芪等，然后把这香灰团成一个个丸子，就是灵丹妙药。趴在老高腿间打盹的老黄狗听到脚步声，刚要站起来，叫他一把摁住，抬头去看，就见一个娇娇娆娆的大闺女映入眼帘。老高心口突突一跳，急忙站起身，双手合十道："女施主要给龙王爷上香么？"

"是座龙王庙？安丘城西汶河南崖也有座，里面有棵大梨树。"莲芳小声道。

"上香的多不多？"老高似乎来了兴致。

"屋顶都塌了，龙王的角叫人砸掉一只，谁还去烧香？！"莲芳说着，柳叶弯眉稍稍向上一扬。

"这年头儿没人理会龙王啦，他又主不着发财。"老高叹口气，继续团弄药丸子。老黄狗睡够了，伸个懒腰，尾巴卷成个圆圈，摇摇晃晃出门去了。这时候莲芳瞥见了香案上散落的帖子，上前拿起一张，惊诧道："师父也抽帖？"

"俺这帖子由崂山道士开过光，灵验得很哩！"老高脸上苍老的皱纹中透出些喜色，"算卦俺也会。"

"俺先抽个帖。"莲芳说着，坐在香案旁蒲团上。她走得累了，伸开腿，脚丫子在鞋子里搓揉着。

老高推开药笸箩，收拢好帖子，变戏法似地要弄一番，然后均匀地把帖子摊在莲芳跟前。莲芳屏住气息，挑了三张帖子。老高双手接过，举到眼前，晃着乌头，一个字一个字地从门牙残缺的嘴里往外蹦：

　　蜃楼海市幻无边，万丈擎空接上天。
　　或被狂风忽吹散，有时仍聚结青烟。

　　似鹄飞来自入笼，欲得翻身却不通。
　　南北东西都难出，此卦诚恐恨无穷。

　　江边无路又无舟，独自徘徊何处求。
　　既是眼前无景象，何如得便早回头。

33

老高磕磕绊绊念完帖子，一脸惊诧道："噫，怎么都是下下签？！女施主莫非遇上了麻烦？"

莲芳悬起的心房忽地沉下去，喃喃道："这就是命！"

老高一脸歉意道："女施主愿意的话，不妨说给俺听听，或许能帮上什么忙。"

莲芳点点头，将事情的来龙去脉一五一十说了一遍。老高错愕不已："俺见过麻田，从面相上看，他是王八精转世，跟你正好犯着。"

莲芳急忙道："俺是什么面相？"

老高随口道："你是桃花相。"

莲芳瞪圆杏核眼："这事能不能解？"

老高皱皱眉头："咋个解法？"

"我想回东关，再也不见他那副嘴脸。"莲芳一双眼珠儿黑白分明，透水也似，直勾勾看着老高。

老高一转眼瞥见了门后那条装过"干勾蛾"的麻袋，心头不由得灵光一闪："解倒是能解，就是太麻烦，还得受番好罪。"

莲芳咬咬嘴唇："师父尽管放心，只要不是上刀山、下油锅！事成后我把您当亲爹伺候。你无儿无女吧？"

老高伸出三根手指："命里有仨儿，可惜没娶上老婆。不过，有'老黄'做伴就中啦。"

听到老高说"老黄"，老黄狗扭着身子从正堂过来，抬起右前爪搔搔脖子底下的厚毛，老老实实蹲坐一旁，眼巴巴看着老高。老高伸手摩挲着狗头，对莲芳道："俺倒是有个法子，你听听行不行。"

等老高一五一十说完，莲芳却呆住了。她不知道值不值得冒这么大的风险，可是，继续被捏在麻田手中，用不了多久，这朵鲜花就会被揉烂搓碎。老高看出了莲芳的心思，他拿出一枚沉甸甸的罗汉钱，立在香案上，右手食指轻轻按住罗汉钱的上沿，拇指、中指轻触左右边缘，快速发力，罗汉钱急速旋转起来，好似一个黄绿色圆球。莲芳正诧异，老高伸手将铜钱扑倒，对莲芳道："由老天决定吧。你猜猜，朝上一面是'字儿[⑤]'还是'馒儿[⑥]'，猜对了就照俺说的办，猜错了，抽帖钱俺也不要了。"

莲芳咬着嘴唇，将"字儿""馒儿"念叨了无数遍，最后选了个"馒儿"。

老高抬起手掌，两人一看，正是"馒儿"。莲芳道："是天意啦！"

掌灯时分，麻田回到据点，撑好自行车，急瘸瘸上了二楼。眼前黑乎乎没有动静，他想起手灯放在了一楼，就掏出火柴划了一根，手头出现了一团橙黄光晕，他点燃罩子灯，房间中登时亮堂起来。就见莲芳侧卧床上，屁股朝外高高隆起，绿绸裤紧绷绷，臀沟勒进去，形成一道优美曲线。麻田淫心轧起，照准莲芳屁股扇了一巴掌，只见臀肉似凉粉块子抖个不停，身子却没动。麻田以为莲芳佯睡，上前解开莲芳腰带，拽着裤腿使劲一抻，绿绸裤秃噜一声褪到膝盖。这时候莲芳慢慢转过脸，粗声粗气道："你等着，不出三日，定叫你化作一摊血水！"

麻田隐约觉得莲芳脸上有些异样，端起罩子灯凑前，就见莲芳脸色惨白，大汗淋漓，目光呆滞。麻田以为她在做噩梦，急忙放下罩子灯，抓住她双肩来回摇晃，口中喊道："快醒醒！快醒醒！"

莲芳眼珠子刺溜刺溜往上翻，呼一下坐起身，从怀中掏出块麻袋片，嗤嗤撕成两半。麻田吓了一跳，跌跌撞撞跑下楼，唤来值班哨兵问莲芳今天是否出过据点。值班哨兵吓蒙了，想了好久才说莲芳大概去过史角河。麻田如被抽去筋骨一般，瘫坐在椅子上，心脏似乎要从嘴里跳出来。水葬了"干勾蛾"后，麻田忽觉心魂不定，派"红鼻头"去打捞"干勾蛾"尸首，打算重新安葬，却一无所获。麻田怀疑"干勾蛾"没淹死，爬上岸跑了，"红鼻头"信誓旦旦，说眼睁睁看着麻袋沉入水底，除非有水鬼搭救，肯定是死死的了！听了"红鼻头"这番话，麻田心绪更乱，像塞进一团乱麻。当看到莲芳竟然撕碎了麻袋片子，他脑袋一下子胀成个大葫芦，又听说莲芳去过史角河，料定莲芳已被"干勾蛾"阴魂缠身。他令两个身体强壮的士兵守住楼梯，另派"红鼻头"火速去叫吕耀武。不到一顿饭工夫，"红鼻头"领着吕耀武和一个麻脸随从气喘吁吁地进了炮楼。麻田那绷紧、扭曲的面孔有所舒展，将吕耀武拉到一旁，把刚才的见闻述说一遍。吕耀武一惊，右手拇指轻轻抿一下八字胡："莫非撞上邪物了？史角河一带地面挺邪，妖孽作祟害人的怪事一年要出好几桩！"

吕耀武话音刚落，二楼上传出个声音："你来吓唬谁，张天师出面俺也不怕！"

楼底几个人面面相觑，不敢说话。尤其是吕耀武，好似遇险的王八，五体紧缩，整个人看起来小了一圈。过了许久，吕耀武那颗圆脑袋又慢慢伸出来。

麻田目光恍惚，腮帮子不住动弹。吕耀武巴不得插翅飞离，吧嗒着白蜡蜡的厚嘴唇道："太君甭怕，龙王庙里老高会拿邪，我这就去请他。去年春节送了他两支莒县鞭、一条白鳞鱼，大概能给我个面子。"

麻脸随从插话道："俺跟着您去，不听说就把他捆了来。"说着，他从口袋中掏出一团麻绳，朝众人亮了亮。

麻田这才反应过来，朝两人挥挥手："快快地去！"

再说吕耀武和麻脸随从深一脚浅一脚到了龙王庙，见庙门紧闭，窗口漆黑，知道老高已经睡下，就走到东窗下，用手指关节轻轻敲了敲窗棂。里面响起一阵苍老、低沉的狗吠，继而传出一个声音："谁呀？"

吕耀武赶忙回应："我，老吕。"

"老吕？莫非是吕先生？"里面的声音大了不少。

"对，对，是区公所老吕。"吕耀武声调中添了一丝矜持。

"吕先生稍等，俺起来开门。"里面窸窸窣窣一阵，接着，窗口透出了昏红光线，就像蒙上了一层厚厚的红布。

吕耀武和麻脸随从刚走上门口石阶，庙门吱扭一声开了一扇，里面探出个长脑袋道："日头一灭，俺就躺下了，不比你们这些贵人，半夜三更还在忙活。"

吕耀武呵呵一笑："我等是伺候人的俗物，这么晚了来打扰，也是身不由己啊。"

老高哦了一声："抽帖还是问卦？"

"都不是，"吕耀武鼻孔中吭哧了一阵，"麻田太君，你认识的，请你去据点办件子事。"

老高连连摇头："不成不成，俺就怕见那个麻田，刀不离身，说翻脸就翻脸。"

吕耀武阴幽幽道："我说老高，别敬酒不吃吃罚酒。实话说吧，我俩这番来，是奉麻田太君命令，请你去给他相好的拿邪，事成，赏钱自然少不了。"

老高一听，头摇得似拨浪鼓："吕先生饶了俺吧，小人道业⑦浅，再也不敢招惹那些东西了。"

吕耀武鼻孔哼了一声："你整天吹吹唬唬，专拿史角河里邪物，说得那么轻巧，就像从河边捡个波罗牛子⑧似的，遇到真事就尿下了？！"

老高低声下气道："吕先生你不晓得，史角河里新来了个邪头，大概刚淹死不久，见人就缠，邪气冲天，俺降不住他！"

吕耀武听得脊梁杆子发凉，硬着头皮道："大老远来了，你就走一趟吧，我俩也好交差。"

麻脸随忙不迭附和："就是，就是，成不成下来这个事。"

"看在吕先生面上，俺就走一趟。"老高从一个木匣子里拿了点东西揣在怀中，"俺怕去了回不来了。"

"有我呢！"吕耀武嘴里说着硬话，舌头却是不大听使唤。

三人走出庙门，吕耀武见老黄狗紧紧跟随，寸步不离，就停下步子道："麻田养着条日本狼狗，连狐狸、黄鼠狼子都吃，你这条老狗上门还不成了它的下酒菜！"

老高蹲下身子，摸摸老黄狗毛发稀疏的头顶，小声嘀咕了几句，老黄狗两只耳朵一下子耷拉下来，四条腿似乎被箍住了，站在黑地里一动不动。

到了吊桥边，吕耀武大喇喇吆喝一声（若在平常，给他个豹子胆，他也不敢对日本人这般高喉大嗓）。站岗的日本兵答应一声，解开辘轳，放下吊桥。进了据点，吕耀武低声对老高道："行不行先糊弄过去，一定记住了。"

老高嗯了一声："你俩是不知道厉害，惹毛了谁也脱不了身。"

麻田听见脚步声，从炮楼中跑出来，破天荒向老高深鞠一躬："师父若能镇住这个邪物，我的赏钱大大的！"

老高含含混混道："先看看再说吧。"

进了炮楼，老高咳哒一声，接着前腿弓，后腿撑，右臂探出，左臂后弯，蹲个茶壶架势，抽搭抽搭鼻子："跟那天晚上一个味？难道又是他？！"

吕耀武也耸耸鼻头："是有股子味道。"

"那天晚上怎么啦？"麻田回过神来，盯着老高道。

老高站起身，脸色铁青："就在几天前吧，俺见月明出来啦，就去河边下了钩子。往常这时候黑鳝都出来活动，那晚却没有动静，河底泛上来一股怪味。俺知道水中有物，打算收起钩子快走，平地里忽地刮起来一股旋风，把俺头发都吹直了。就见水面浮上块破麻袋片子，紧接着伸出两只手拍打河面，连呼：'救人啊！救人啊！'俺知道碰上了邪物，连滚带爬回了龙王庙。"

老高话音刚落，就见莲芳摇摇晃晃站在楼梯口，手指老高阴侧侧一笑："是你，又来坏我好事！"说罢，一口血水喷下来。

"要了命啦！"老高惊呼一声，抢先跑出炮楼，麻田等人纷纷夺路而逃，翠虎紧紧跟着麻田，喉咙里发出阵阵哀鸣。吕耀武跑闪了腰，呲着黄牙道："果然是那个邪物！"

老高略微定定神："这物虽然厉害，也有法子降他。"说罢，从怀中掏出张画着些奇怪符号的黄表纸，对麻田道："偷偷上去，把这张符子贴在那女子后背上，她会立马睡去，这时候再绑紧她的手脚，赶快送走吧！"

麻田松了口气，朝吕耀武一摆头。吕耀武装作没看见，对麻脸随从道："你不是带了绳子吗？这下可派上用场了。"

麻脸随从知道逃不过了，攥紧双拳道："豁上啦，俺去试试。"

约莫过了一袋烟工夫，麻脸随从晃着膀子走出炮楼："中啦，搞定啦。"他满脸浅白麻子好似槐花绽放，显得格外分明。

几个人匆匆上楼，就见莲芳躺在床上，手脚被绑住，双目紧闭，气若游丝。老高拿个架势，绕莲芳走了一圈，郑重道："两个时辰内不会醒来。"

吕耀武凑近麻田："送走还是做掉？"他随手做了个抹脖子动作。

麻田挥挥手："送走，送走，送回东关！"

人定时分，一辆马车出了据点，沿官道奔往安丘城。莲芳躺在车厢中，死气沉沉一动也不动。吕耀武和麻脸随从挤在两旁，浑身汗毛都竖起来，四只眼睛瞪得赛铃铛。坐在驾杆子⑨上的车夫也失去了平日风采，偶尔吆喝一声牲口，声音也压得极低。一路上只听见胶皮轱辘咕隆咕隆声和马蹄嘚嘚响。

欲知后事如何，且看下回分解。

①苇喳：生活在芦苇荡中的一种小鸟。
②把庙挑啦：方言，意思是把庙拆了。
③斜山：即峡山。潍县、安丘一带百姓呼之斜山。
④土地：此处指土地爷。
⑤字儿：罗汉钱上铸有汉字的一面。
⑥镘儿：罗汉钱上铸有满文的一面。
⑦道业：原意指修行，此处指本领。
⑧波罗牛子：潍坊方言，田螺。
⑨驾杆子：车身前部伸出的横木，供车夫乘坐。

第六回

风情女思谋出嫁
不速客登门求欢

　　过了八蜡庙，一道黑乎乎圩墙横在眼前，隐约听到墙上有人在喊："那边的岗，往下传呐，平安无事啊。"车夫回过头道："前边就是青阳门了。"

　　吕耀武道："她家在草市街，得进去，到了青阳门再说吧。"

　　须臾，车夫吁了一声，马车慢慢停下，吕耀武和麻脸随从忙不迭跳下来，活动着腿脚。吕耀武指指车厢："咱俩八字硬，没叫她祸害着。"

　　麻脸随从道，"贴上符子后，她果真睡着啦，俺不放心，伸进手去摸了摸她的奶膀，软咕哝的，不像个大闺女。"

　　吕耀武磔磔一笑："她当大闺女的时候，你鬝子毛还没长全。"

　　这时阁子上灯光一闪，一个公鸭嗓子喊道："下边什么人？"

　　吕耀武双手卷成个喇叭筒，朝着阁子道："从担山来的，替麻田太君送客。"

　　公鸭嗓子又道："半夜三更的，送什么客？"

　　吕耀武也加重了语气："你下来看看不就知道了。"

　　听吕耀武说话软中带硬，公鸭嗓子道："也不差这一时半霎啦，稍等等，我去海晏门报告韩队长。"

　　吕耀武愈发张狂起来："快点行不行，麻田太君还在等着我们回去复命呢。"

　　公鸭嗓子含含混混答应着，手提一盏马灯，沿圩子墙顶向南去了。吕耀武点上支香烟，美滋滋抽了一口："这些欺软怕硬的东西，若不镇住他们，只怕会跐着鼻子上脸了。"

　　麻脸随从恭维道："吕先生见过大世面，到了哪里也吃不着亏。"

　　吕耀武愈发狂傲起来："我在江湖上混了多少年了？嫖过赛金花，吃过满汉全席，济南府张督办家的茅厕里我都拉过屎！"

主仆二人正东一榔头西一镢头闲扯，青阳阁下两扇黑门开了道缝，小心翼翼出来两个人，站在门口住下了。走在前头手提马灯的瘦子大概就是刚才那个公鸭嗓，朝吕耀武和随从喊道："担山来的，我们韩队长有话问你。"

吕耀武叫麻脸随从去轿车旁等着，他一个人晃着膀子走过去。站在公鸭嗓身后的警备队中队长韩文祥开口道："从担山来？"

吕耀武作揖道："鄙人姓吕，吕布的吕，在第二区区公所听差，此番是替麻田太君去草市街送客。"

韩文祥眼珠子一骨碌："男客还是女客？"

吕耀武咧嘴一笑："韩队长看看就知道了，您保准认识，说不定还相当熟悉。"

韩文祥听出了话外之音，摘下军帽，拢一把飞机头："看看就看看。"

到了轿车旁，公鸭嗓举着马灯凑过去。韩文祥定睛一瞧："噫，这不是曹莲芳？"

吕耀武得意道："我说您相当熟悉嘛。"

韩文祥一脸惊诧道："是不是死啦？我看她嘴角有血！"

"死倒是死不了。"吕耀武将韩文祥拉到一旁，对着韩文祥耳朵嘀咕了一番。

韩文祥听罢，朝公鸭嗓道："小锅子，你领着吕先生去曹家修宅子，在三沐纶音坊下，朝西那个门楼就是，门口有棵柿子树。"又侧过脸对吕耀武道："韩某军务在身，就不去凑热闹啦。"

吕耀武作揖道："韩队长若有空去担山，别忘了到区公所坐坐，喝杯茶，说说话。吕某别的不好，就是好客。"

韩文祥拱拱手："少不了去叨扰，到时候别不见人了就行。"

莲芳回家后，担心麻田醒悟过来，上门追究，索性继续装神弄鬼。好在她平日见惯了神婆、神汉做派，模仿得惟妙惟肖。一时间，曹宅里鬼影幢幢，阴气森森。"皮褥子"怕邪物拿把着莲芬、莲池，领着俩孩子回了娘家。莲池不信邪，去姥娘家住了几天又回了家。

曹家修觉得有几分蹊跷，去了五仙坛向褚师父讨教。褚师父心中明镜也似，一听就明白了，拿出一张黄表纸，提笔写了"假戏真做，不可戳破"八个字，又点火烧掉。曹家修恍然大悟，回家后，对外宣称莲芳顶着仙家，正潜心修炼，七七四十九天里不见外人，打算避过这阵风头，将莲芳远远地嫁往他乡。莲芳知道爹爹察晓了实情，也就乐得清静自在。

一日上午，三婶儿提着一四鼻小罐玫瑰酱上门探望，莲芳赶忙坐起来，把三婶儿拉到炕边坐下。三婶儿见莲芳如此热情，更觉得害怕，身子扭扭捏捏不敢靠近。莲芳噗嗤一笑："三婶儿，仙家走啦！"

"走啦正好，"三婶儿松了口气，"你没有那些弯弯肠子，怕是顶不起来。"

娘俩拉了些张家长李家短，气氛热烈起来，渐渐口无遮拦。三婶儿道："像你这么俊的大闺女，十个庄子也挑不出一个来，三婶若是个男人，豁上一身剐，也得把你占啦。"

莲芳咯咯咯笑了一阵："这辈子嫁不出去啦，正好陪三婶儿在家拉呱。"没等三婶儿答话，莲芳又道："你上回跟俺爹提的那个瘸子，怎么着啦？"

三婶儿一怔："怎么怎么着啦？"

莲芳嘴唇一咕嘟："定亲了吗？"

三婶儿道："这些日子没回去，不知道啦。哎，你不是嫌他是个瘸子吗？"

莲芳道："腿瘸咋的？又没少了块。只要人才好就中。"

三婶儿来了兴致："要说人才嘛，虽比不得戏里小生，也是百里挑一。家境还行，顿顿虾皮子拌蒜，中午头锅子不吱啦不吃饭。"

莲芳听了，眼睛中闪出光彩："爹跟俺一说，第二天一大早俺就去五仙坛解了个梦，也说是好姻缘。"

三婶儿身子一欠，腚槌子滑下炕沿："你若有意，俺明日就回趟东南山。"

莲芳跟着下了炕，从楸木桌上的梳妆匣里挑了支明晃晃银簪子，插在三婶儿脑后乌油油、蓬松松的鬘髻上："一听说做媒，三婶儿就天宫里起火——慌了神！"

过了几天，三婶儿从东南山回来，捎了些"翻果子"去了莲芳家。莲芳正对着桌上一面鸭蛋形镜子描眉画眼，听见门响，急忙趴到窗棂上去瞧，见是三婶儿，飞也似跑出门，喊道："三婶儿回来啦！"

三婶儿把盛"翻果子"的小包袱递给莲芳，笑吟吟道："尝尝俺捎回来的'翻果子'，嘎嘣脆。"

莲芳拿出一块嘎嘣咬了一口："好不容易回趟娘家，咋不多住几天？"

"叫他们气的！"三婶儿脸蛋子一耷拉，"说好了等俺回音，急匆匆地订了亲！真把俺当成泼出去的水啦！"

莲芳心口突地一沉，脸色却依旧平静："三婶儿别自寻烦恼了，这都是命！"

三婶儿怒气不减："三条腿的蛤蟆不好找，两条腿的男人有的是！"

莲芳扑哧一下乐了："三婶儿，你这张嘴少了个把门的，叫三叔听见不嘛①杀你才怪！"

这日傍晌，东关草市街上来了个货郎，挑着货担来回转悠，嘴里不住吆喝"拿头发来换针哦"。寻常货郎都是些白发老汉，这个货郎也就三十出头，还戴着墨晶镜。一些老娘们小媳妇拿着积攒的头发刚出门，望见他那副模样，念叨一句"准是个哄骗大闺女的"，又扭头回去。所以他来来回回走了几趟，吆喝得口干舌燥，也没做成几笔买卖。好容易碰上个黄毛尾②半大孩子凑过来看稀罕，货郎拿出个没上颜色形如公鸡的泥哨呜呜吹了两声，眨巴着眼睛道："给你这个泥哨子，领我去曹莲芳家中不中。"

黄毛尾一脸茫然："哪个是曹莲芳？"

货郎两只手比划着："两条大辫子够着腚，长得奇俊，还跟日本人……"

"噢，她叫曹莲芳，俺这里都叫她俊孩，是东关的筐头③。""黄毛尾"眼睛紧紧盯着货郎手中泥哨子，"你跟她有亲戚？"

货郎呲牙一笑："没有。她使了我的针，没给头发，我上门去问她要。"

"黄毛尾"瞧见货担上有个棕色瓶里装着糖豆，使劲咽下一口唾沫："再给俺两颗糖豆子。"

货郎给了他泥哨子，又拧开棕色瓶的铁盖，倒出两颗糖豆，小心放进他手掌中。"黄毛尾"右手攥着糖豆，口中呜呜吹着泥哨子，领着货郎去了曹莲芳家。刚到三沐纶音坊，碰到莲池领着黑狗在柿子树下玩耍。"黄毛尾"喊道："哎，这个货郎问你姐要头发。"说完，吹着泥哨兀自走了。

货郎跟莲池打个招呼，又从棕色瓶中倒了一大把五彩糖豆塞进他口袋，语气亲切道："给你姐姐捎了些针线。"

莲池摸出几颗糖豆扔了，说了句"俺姐姐不在家"，转身就走。货郎一把攥住他胳膊："小兄弟这是咋，我还有事告诉你姐姐呢！"

莲池使劲挣脱，骂咧咧道："戴黑眼镜子的没有个好东西，你再不走，**俺唤狗来咬你！**"

听到吵嚷声，曹家修出了门，彬彬有礼道："这位货郎，犬子如何招惹你啦？"

货郎心想这准是莲芳父亲了，就上前深施一礼："大叔好，龙王庙高师父托我来府上看看。"

曹家修一听明白了七八分，竭力平静道："大老远的，进去喝碗水。"又朝莲池道："耍去吧。"

货郎不再说话，挑起担子随曹家修踅进门楼，来到屋门口。曹家修示意货郎稍等，一个人走进屋中。货郎搁下担子，打量着这个清净的小院落。（那只大白鹅已被宰杀，给莲芳补了身子。）须臾，曹家修隔着"半门子"朝货郎招招手："进来吧，在西间里。"

货郎进了屋，整整衣衫，掀起西间门口的蓝印花门帘，腰肢一扭，站在了莲芳跟前，慢慢摘下墨晶镜。

"俺就知道是你！"坐在炕边的莲芳踢一下腿，露出两排石榴籽似的白牙。

货郎道："这叫有缘千里来相会。哎，你那两条大辫子呢？"

你道货郎是谁？竟然是死里逃生的"干勾蛾"。虽然从老高嘴里隐约得知"干勾蛾"没死，但猛然一见，还是让莲芳心头暗暗吃惊，不过她神色依旧，头稍稍一侧，脑后现出两个状如喇叭花的鬏髻儿："不留辫子啦，这俩鬏髻儿好看么？"

"好看！好看！""干勾蛾"朝莲芳靠了靠，压低声道，"老高一定跟你说啦。当夜我就跑到高密，投奔了一个老亲戚，他知道我身无分文，就出钱给我置办了这副家什，暂且混口饭吃，大前天晚上我去了趟龙王庙，给恩人送了些吃食，听说了你的事，我这颗心就按捺不住啰。"

莲芳忽闪着眼睛道："你胆子真大，叫麻田碰上，不把你喂了狼狗才怪！"

"如果不是想见你一面，打死我也不敢来！""干勾蛾"说着，朝莲芳眨眨眼。

莲芳识字不多，情商却是极高，第一次看见"干勾蛾"热辣辣的目光，她就知道这个人拜倒在了自己石榴裙下，若不是忌惮麻田心狠手辣，很可能被他尝了鲜桃一口。不过莲芳又不是那种无所顾忌的人，她知道眼下许多眼睛都在盯着自己，稍有不慎，就可能招来杀身之祸。所以她避开"干勾蛾"目光，轻悠悠道："咱俩的小命都被别人攥着呢，找个寺庙、道观栖身最好，男女间那些事就甭去想啦。"

"干勾蛾"有些激动,不由得抬高了声调:"莲芳,一辈子大长长,咱们还年轻,大不了从头重来!"

莲芳深深叹一口气:"一失足成千古恨,再回头是百年身。这辈子就这么些事啦,俺这身子早就不干净,你也误入歧途,坏了名声,还是找个寺庙念佛诵经,驱除孽障,来世托生个清白人儿吧。"

"干勾蛾"道:"你说得都对,可我就是放不下你。或许叫老高说对啰,我这魂魄附在了你身上!"

莲芳忽闪着麦芒一样直翘翘的眼睫毛道:"老高惯会装神弄鬼,你更神,画了王八和"小风梢"亲嘴,差点害了两条命。俺看啊,来世你保准托生个大王八!"

"干勾蛾"一脸窘色,呼吸急促,垂下头道:"这些年跟着日本人混,沾染了不少坏毛病,做了不少孽,自我获救那一刻,我就发誓洗心革面!"

"臭男人惯会说一套,做一套,俺可不敢信啦!"莲芳起身瞅瞅窗外,"时候不早啦,该去收头发换针啦,顺便哄骗个大闺女。哎,俺问你一句,你收到俊娘们、小媳妇的青丝,会不会像戏里那样藏起来?"

"干勾蛾"正措辞作答,门帘一掀,曹家修站在门口道:"茶沏好啦,出来喝吧。"

"干勾蛾"答应着,两个脚掌却似被鳔胶粘住了,费了好大劲才挪到当门④。就见蜷腿饭桌上摆着一个紫砂壶、两个茶碗,地上搁着把黑乎乎的铁皮燎壶,壶嘴嘶嘶冒着热气。

一燎壶水很快喝光了,"干勾蛾"见曹家修没有留饭的意思,只好起身告辞。他朝曹家修拱拱手,又掀开门帘对莲芳道:"城东务稼庄有个朋友叫我去他家耍耍,我就不住下啦。"

莲芳头不抬,口中幽幽道:"俺头发太长,梳理起来怪费事,年底就铰短啦,不知能不能换套绣花针。如果能,明年开春送来,我打谱跟着地藏庵尼姑小金、小银学绣花呢。"

"干勾蛾"道:"你又没做媳妇,铰了咋?……不用明年开春,过了麦口我就送来。"

又过了两日,青阳门外一户人家娶媳妇,因为户主跟曹家修没出五服,莲芳的爹娘弟妹一大早就去帮喜，连那条黑狗也闻着香味上了门，只留下莲芳独自在家睡懒觉。

快到傍晌，太阳像个向日葵花盘，静静地照射着空荡荡的草市街，往常坐在门口晒太阳的闲汉子懒老婆不见了，偶尔有人走过，脚步咚咚像打夯。莲芳早就醒了，身子却懒得动，直到一缕金黄阳光穿过窗棂，照在她脸上，她才打着哈欠，趿拉着绣花鞋下了炕。

梳洗罢，正往脸上扑粉，听到大门吱扭一响。莲芳心头一紧，慌忙去窗口察看，就见一个身穿警备队服装的家伙正在上门闩。仅仅扫了背影一眼，莲芳就知道来人是韩文祥。

她十七岁那年春天到青云山上采槐花，遇上韩文祥扛着鸟枪来回转悠，见到莲芳，韩文祥眼睛冒火，口水淋漓，软磨硬缠。此时的莲芳刚到桃李年华，却已被西巷子张姓骡马贩子尝了鲜杏一口。或许是知道这辈子混不上座贞节牌坊了，莲芳心一横，竟跟着韩文祥去了灌木丛中。事毕，韩文祥叮嘱几句，扛着鸟枪离去。从此之后，那个略显佝偻的背影就刻在了她记忆中。

看见韩文祥鬼鬼祟祟上门，莲芳大脑一片空白，愣了片刻，才隔着窗棂道："是韩大官人，不去青阳门外看新娘子，到俺这小户人家做啥子？"

韩文祥朝窗口看了一眼："新娘子哪比得上你曹莲芳有看头，再说啦，文祥大小也是个官，有军务缠身，不便擅去。"

莲芳嗤嗤一笑："你来俺家也是军务？"

说话间韩文祥进了西间，摘下大檐帽扇着风："你别说，还真是军务。听说大前天有个戴墨镜的货郎来过，特地上门问问。麻田太君不在身边，咱们本乡本土的，关照一下是应该的。"

莲芳面皮一下子刷白，幸亏刚扑了一层官粉遮掩。她定定神道："噢，你说那个货郎，他去年拿了俺一大绺子头发，说下回给我一包绣花针，这一去就没有下回了。大前天刚巧碰上，叫我好一顿噘，他跟着进门赔礼道歉。臭男人许诺都是放屁辣臊，这辈子是不信啦！"说完，眉梢一吊，狠狠戳了韩文祥一眼。

韩文祥耷拉着上眼皮，呵呵笑道："也许人家真有难处，你也别揪着不放。"那年老鼠岭上春风一度，韩文祥色迷心窍，回家就叫父母找个媒婆子去莲芳家提亲，不过他父母说破天也不答应，说"皮褥子"的闺女能出产⑤个什么好物？！韩文祥拗不过父母，只好忍痛作罢。

尽管弄出一副爱咋着咋着的泼辣样子，莲芳心中却如十五个吊桶打水——七上八下。"干勾蛾"造访这件事，她不清楚留下了多少把柄，更担心被捅给麻田，于是走到梳妆台前，佯装梳头，偷偷从镜中观察韩文祥神情。

韩文祥以为他一番话语勾起了莲芳对往事的回忆，扭扭腰肢，坐在窗前春凳上，跷起二郎腿，点燃一支香烟美滋滋抽着，贪婪地盯着莲芳绿绸裤中那两瓣若隐若现的丰臀。莲芳觑得清楚，清清嗓子道："没事快走吧，我要去地藏庵找小金、小银耍去。"

韩文祥顺手掷掉烟屁股："那俩骚狐狸，明里是尼姑，暗中卖大炕，把个香堂弄得污秽不堪。"

莲芳头也不回，兀自道："听着风就是雨，还亏你是个站起来十尺躺下去一丈的男子汉。"

韩文祥急头赖脸道："不骗你，刘大魔亲口告诉我的，他一块大洋玩了小金、小银一黑夜，天明出门两条腿好似棉花穗子⑥一般，扶着墙好歹回了家。"

莲芳又在腮颊上扑了层官粉，随口道："你是不是眼馋啦？"

韩文祥叹口气："我是有些眼馋，却不是那俩骚货。"

莲芳收起官粉道："人家骚不骚关你屁事。俺跟她俩约好啦，走吧。"

韩文祥腾一下跳起来，两只手拍拍打打腚："等等，还有点事。"

莲芳稍稍侧头，眼角扫了一下："快着点，别咽不下去拉不出来，和拔干⑦似的。"

韩文祥眼睛眯成一条黑缝："你回家后，麻田好几次派人打听你的情况，似乎对那晚发生的蹊跷事起了疑心，我都干干脆脆说你顶着仙家，家里摆上了案子。就凭这，你不该答谢我？！"

莲芳心中咯噔一下，转过身子道："俺一没金，二没银，如何答谢你？"

"你身上还有比金银更贵重的东西，给我用一下不就得啦。"韩文祥舌尖在嘴唇上一舔，软绵绵道，"我又不是没用过。"

莲芳正待说话，就听外面响起咚咚敲门声，夹杂着有几分恼怒的咆哮："姐姐快开门！"

莲芳白了韩文祥一眼，快步出门，口中嗔怪道："你干的好事，拉屎跟着个擦腚的。"

　　韩文祥浑身不自在,满口酸水,骚赤骚赤⑧跟在莲芳腚后。莲芳刚抽出门闩,两扇门咣嘟一声被推开,莲池一步闯进,看看莲芳,又瞅瞅韩文祥,一脸狐疑道:"插着门干啥?!"

　　莲芳轻松道:"韩队长来咱家看看,顺手把门闩插上啦。好酒好肉的,又回来咋?"

　　莲池脸色转晴,搔搔头皮道:"席上缺把酒壶,咱爹叫我回来拿。"

　　趁莲池进屋拿酒壶,韩文祥大声道:"那件东西我先不用啦,快去地藏庵吧,高岛太君还等我开会呢。"

　　按下这桩公案暂且不提。关于莲芳的命运且看后续分解。

①熿:潍坊一带方言,骂。

②黄毛尾:尾此处发音【yi】,黄毛尾就是黄头发。

③筐头:潍坊一带方言。小贩卖水果时,把最好的放在筐头,所以用"筐头"借指最好的水果。引申为一个村庄中最漂亮的闺女。

④当门:潍坊一带方言,开着门口的房间。

⑤出产:潍坊一带方言,成长。

⑥棉花穗子:弹熟的棉花搓成的棉花卷。

⑦拔干:潍坊方言,便秘。

⑧骚赤骚赤:安丘方言,形容动物行走的样子。

第七回
都吉台张步云定计
"无人区"庄德圃惊魂

　　却说城顶山一役，鲁苏战区遭受重创，尚未恢复生机，日军第十二军又集中兵力，由陆军航空兵配合，发动了规模更大的围剿战。大崮山之战，两军反复肉搏，搏命厮杀，战况之惨烈，笔墨难以形容。五十一军一一四师张本枝团遭敌机大肆轰炸，多数悲壮捐躯。于学忠率部退往莒（县）日（照）边区，眼见山坡阔叶林生出了茂密叶子，山顶针叶林一片苍翠，他紧缩的眉头就像枝头新叶舒展开来。不料死对头张步云此时恰好在五莲山下叩官驻防，得知于部人疲马乏，弹尽粮绝，以为报仇时机已到，旋即发兵攻伐。于学忠大怒："真以为我于学忠成了丧家之犬么？给我灭了这个吃里扒外、不知礼义廉耻的混账东西！"五十一军军长周毓瑛集中四个主力团，不分昼夜攻打。张部支撑不住，退出叩官，主力化整为零，逃进五莲山，张步云和副师长王吉祥、族弟兼高参张天和率特务团避往诸城北境都吉台。

　　吴化文改换门庭，对深陷泥淖之中的张步云是一种刺激和鼓舞，之所以没有立刻"唯马首是瞻"，是因为他想看看南京政府给予吴化文什么礼遇。眼见吴化文成了南京汪伪政府新贵，要面子有面子，要里子有里子，张步云眼里冒火，决定再"干一票"，遂给恩公沈鸿烈发去密电一封。一日吃罢早饭，他去了师部，一屁股坐在太师椅上，愁眉不展，长吁短叹。王吉祥、张天和正在商讨筹粮事宜，忙过去询问究竟。张步云眨巴眨巴精光四射的小眼睛："这样子下去如何得了，咱是不是该想个法子啦？"

　　王吉祥道："城顶山之役于学忠惨败，厉小鬼被擒，对我部而言是个好时机；令人担忧的是，八路军似乎一夜之间壮大起来。我部没有太多选择，一是跟八路联合，第二嘛，暂时借助日军力量。"

张步云睐睐眼皮："天和，说说你的想法。"

张天和垂下目光，面无表情道："八路容不下任何异类，趁早别打那个谱。王林肯精明过人，最后不也吃了八路大亏，若非师座出手，说不定早就饿死在哪个坟旮旯儿了。"

张步云微微摇头："王大哥于我有恩，只要我能吃上卷子①，断不会叫他喝黏粥。去年北移都吉台后，大哥对我有些看法，赌气去了班岗卖酒。大哥这个人啊，混了半辈子官场，也没长点见识，书生多数迂腐，明明傻瓜也似，还装出副胸有城府的样子。哦，不说他啦。这些天我一直在琢磨吴绍周，这个人可不简单，先是追随冯焕章②，再投靠韩主席，韩主席遇害，又攀上沈主席，屡屡改换门庭，总是如鱼得水。沈主席去职后，吴绍周知道牟中珩不会给他好果子吃，果断倒向汪兆铭，从师长一跃成为上将总司令。古人云：识时务者为俊杰，你俩说，吴绍周算不算识时务？"

王吉祥、张天和都清楚张步云肚子中的"小九九"，不过兹事体大，不敢贸然迎合，室内一下子静下来，似乎能听见彼此咚咚心跳。张步云瞪圆眼睛道："都哑巴啦？只想青史留名，让我一个人背……黑锅？！"

眼见张步云动怒，王吉祥赶紧道："师座想多了。效法吴绍周不是不可以，须从长计议，等待时机。民国二十八年，我们投靠'北平临时政府'，损兵折将，没得到多少好处，去年去高密火车站改变，差点中了人家奸计。可见日本人的饭碗不是那么好端！另外……"

张步云两颗乌溜溜的小眼珠一瞪："但说无妨，这里又没外人。"

王吉祥使劲清清嗓子："哦，我部目前名义，拜沈主席所赐，沈主席现在重庆，是不是请他拿个主意？"

见张步云似乎有所心动，张天和附和道："保安二师这个番号，虽非正规国军，弟兄们还是蛮珍惜的……"

张天和话没说完，就被张步云打断："这种事你就不……懂啦！青楼中的妓女从来不傍一位恩客③，那样等于自断财路。对于我们这种杂牌队伍来说，旗子越多越安全，需要打哪……个就打哪个。我敢说，形势稍有变……化，吴绍周还会打出新四师旗号。说到沈主席，那可是个明白人，张学良叫老蒋扣啦，人家不还是当老蒋的官，也没一棵树上吊杀！"

张天和搔搔头皮："师座这样一点，我心中豁然开窍。吴绍周能升任上将总司令，以师座资历，军衔、职位至少跟他平等。"

张步云摆摆手："人家唱主角，咱也就是跟……着跑跑龙套。"

王吉祥知道张步云主意已定，再说无益，干脆道："吉祥累蒙师座恩宠，愿意代您走趟南京，疏通关节。"

张天和道："你是师座左膀右臂，还是我去好。"

张步云嘲弄似地扬扬眉毛："你俩笨嘴拙舌，不是干……这种事的料。老长官咋还没来？"

张天和道一声"我去看看"，出了屋门。张步云见轻而易举说服王吉祥、张天和，按捺不住内心喜悦，来回踱着步子道："树挪死人挪活。咱这一回头，说不定成了香汤热……豆腐。这次我打算走吴绍周的门子，他是个仗义人，一定会拉……咱们一把。"

王吉祥装出一副恍然大悟模样："师座莫非想让副官长去穿针引线？"

张步云眼皮一抬："老长官乃山东军界前辈，人脉甚广，这事非他出马不可。我打算最近回……趟五莲山，听听靳子栋、关镛二人意见，这边大小事务就交……给你啦。"

王吉祥受宠若惊，正欲表白忠心，就听吱扭一响，张天和推开门，庄德圃闷头走进。张步云上前道："老长官昨晚睡……得可好？"

庄德圃打个哈欠，露出一嘴西瓜子似的黑牙："大好不到哪里去，凑合吧。哎，你脸色咋这么难看？"

张步云拖过把太师椅，搁在庄德圃身后："别提啦！昨夜胡……三太爷托梦给我，弄得我心乱如麻，一宿没睡着。"

庄德圃一屁股坐下，舒舒坦坦伸个懒腰："胡三太爷又说了啥？"

张步云作沉思状："胡三太爷说我命中缺水，和鱼犯着。我估摸，鱼就是那于学忠啦。胡三太爷还说，步云升仙，须得苍天开口。天开口不就是个'吴'字吗？莫非暗示我走吴绍周的门子？"

庄德圃惊得眼珠子一哆嗦："锯条子擦腚，他真敢拉！"

"天底下头号大仙！"张步云知道庄德圃语含讥讽，却佯装糊涂，竖起大拇指晃了晃，"我在王交给他老人家修……庙塑……像，四季香……火不断，他老人家能……能不施恩于我？不过，改旗易帜毕竟不是个小事，想请老长官拿个大主意。"

庄德圃瞥一眼王吉祥、张天和，见两个人脸上结了冰也似，知道三人已就此事达成共识，只等他来背这口黑锅，遂不着边际道："仙家的话信则灵，不信则不灵。"

"有老长官这句话就够啦。我打算先派人去吴绍周处探探风声，再决定下步行止。其司令部应该在鲁山一带，哪个村子不清楚。"张步云端起紫砂壶，给庄德圃脸前茶碗续满水，一脸谦恭道，"这事非得老……长官出马不可，换了别人，谁也压不住浮子！"

庄德圃左手端着茶碗，右手中指轻轻敲着桌子："虽然胡三太爷发了话，别忘了还有沈主席，也算个仙家，这事该听听他的意见。"

张步云笑道："老长官啊，还有吉祥、天和，你们净给我添……麻烦，又不是件子光彩事，步云咋好意思把沈主席抖……搂出来！"

庄德圃嗅出了味道，咚一声搁下茶杯："这么说，沈主席知晓了？"

张步云乜斜着小眼，从口袋中拈出张石青色纸片，轻轻晃一晃："这是沈主席复电。"说完，递给了庄德圃。王吉祥、张天和吃惊不小，赶忙围过去看个究竟。

"还是沈主席虑事长远……"庄德圃将纸片递还张步云，喃喃道，"也可能是老蒋的意思。有山必有路，有河必有渡。老夫就走一趟，成不成还得看天意。"

"人心就是天意！"张步云面皮微微泛出红光，对张天和道，"叫鸿叶他们护送老长官，挑几匹好马，喂得饱饱的，明日拂晓启程。"

长夜转瞬过去，东方天边露出一道白线，张步云、王吉祥、张天和将庄德圃等人送至村口。庄德圃骑着一匹相貌堂堂的大白马，右手握着缰绳，左手随意挥了挥："回去吧，睡个回笼觉。"

张步云抽搭着鼻子道："不管成不成，老长官都要快快回来，可别乐不思蜀噢。"

庄德圃双腿一夹马腹，喊了声"驾"，大白马甩开蹄子小跑起来，张鸿叶等四名护兵尾随其后，悄悄出了都吉台。日上三竿，进入临朐地界，人烟渐趋稀少，吃饭找不到客店，问路不见人踪，幸亏张鸿叶带了幅地图，才不至迷路。傍晌到了九山附近，所见景象更为骇人。正是小麦、谷子拔节季节，田野中却遍生野草，连大道小路也长满黄蒿。好歹望见个小村，几个人想讨口水喝，便拐了进去。一连去了几户人家，所见房屋东倒西歪，门窗全无，蛛网密布，唯有黄蒿长势甚猛。不但不见人踪，连猫、狗似乎也绝迹了，村子一片死寂。又走了几步，看到路旁横着几具尸首，多数被动物撕咬得残缺不全，其中有具裸体女尸，看起来年纪不大，臀部、大腿肌肉全无，好像受了凌迟之刑。几个人心惊肉跳，纷纷攥紧了口袋中的手枪。几匹马也是神色不安，不住地左顾右盼。为缓解一下紧张情绪，庄德圃使劲咽口唾沫："茶水看来是喝不上喽。"

张鸿叶下马道："副官长在此稍歇，我和弟兄们打几桶井水饮饮马。"

庄德圃道："快去快回，不要走远了。"

张鸿叶令一名护兵留下，他和另外两名护兵提着帆布桶到处转悠，终于找到一口被青草覆盖得严严实实的水井。一名护兵分开青草，探头一看，赫然浮着个白森森的死人骨架，吓得他啊呀一声跳起来。庄德圃闻知，叹口气道："早就听说过'无人区'，竟然是这个样子！"

张鸿叶道："村里人大概都死光啦，咱还是赶紧离开吧。"

他话音刚落，一个护兵指着村口道："唉，那边不是两个人？"

几个人顺着他手指看去，就见一老一少蜗牛一样从村口走过来。庄德圃道："过去看看。"

那一老一少似乎没发现这些陌生人，直到打个照面才停住脚。老者年逾七十，头发、胡须有一尺多长，都打了死结，黝黑的脸上没有一片肉，高高的颧骨似乎要将紧绷的面皮撑破，他脊梁上背着一小捆茅根，右手挂着根朝阳花④秆子，左手紧紧抓着一个五六岁小男孩脏兮兮的小手。小男孩浑身没有一根线，左手攥着只尚带有尾巴的小青蛙，嘴里嚼着茅根，他肚子很大，肚皮透明，能看见里面的青菜。庄德圃胸口像插上根棒槌，喉结动了一下，却没有发出声音。老者努力睁开几乎干枯的眼睛，朝着庄德圃道："客官来村里找人？"

庄德圃道："我们做皮子买卖，打这儿路过。村里怎么不见个人影？"

老者道："前年大旱，去年早冻，庄稼几乎没收成，又遇上兵灾，百姓死的死，逃的逃，俺和孙子走不动啦，熬一天算一天吧！"

庄德圃从口袋中掏出块银圆，伸手递给他："老人家买点粮食吃吧，小孙子正长身体呢。"

老者将朝阳花秆拢在怀中，接过银圆，紧紧攥在手中，用近乎悲鸣一般的声调道："客官，您真是位活菩萨！"

光腚小孩吐出嘴里的茅根，拽着老者胳膊道："爷爷，那是什么？能吃吗？"

辞别祖孙二人，一干人上了马继续西行。见几位护兵沉闷不语，庄德圃道："从前我来过九山多次，春天漫山遍野果树开花，像是披上一层云锦，夏秋季节，梨子黄，沙果红，柿子挂满枝头像灯笼，真像个世外桃源。"

张鸿叶摇摇头："那个小孩得了水肿，活不长啦！"

又走了一程，路旁现出几间草屋，飘着一缕青蓝色炊烟。五个人精神大振，拍马紧走。到了近前一看，门口挂个布幌子，上写"客店"两字，后边还有个院落。庄德圃一行刚下马，草屋里出来个左颊有条暗红色刀疤的年轻人，左肩搭条黑乎乎的白毛巾，笑吟吟道："客官吃饭？"

庄德圃没答话，张鸿叶上前道："有啥饭菜？"

"刀疤脸"扳着手指道："饭有酸煎饼、黑面火烧，菜只有粉皮炖大豆腐。"

"放上肥肉膘子就满口啦。"张鸿叶吧嗒吧嗒嘴唇。

"刀疤脸"一脸歉意："你是说二师兄，多日不见他老人家的面啦！"

张鸿叶接过庄德圃手中缰绳："掌柜的先进去歇歇脚，我们去后院拴上马。"

"马儿跑累了，别急着叫它喝水。"庄德圃按一按腰间马牌撸子，活动着手脚走进草屋。

"刀疤脸"打个呼哨，引领四人进了院。里面没有牲口棚，靠北墙挺立着一排碗口粗的白榆，榆钱早被采摘殆尽，只在高处残留着一两串，颜色由嫩绿变作金黄。护兵们将马儿拴在白榆上，解下草料包和帆布桶。马儿知道要开饭了，抖抖鬃毛，啪嗒啪嗒甩着马蹄子来回走。这工夫"刀疤脸"从屋里拿出五个柳条笸箩，一字排开，护兵将草料倒在笸箩里，让马儿吃着，又拎起帆布桶去水瓮旁舀水。马儿慢悠悠嚼草料，鼻孔里不时喷出些气息，好像对伙食不太满意。待马儿喝完水，护兵们在帆布桶里洗了把手，而后跟着"刀疤脸"走后门进了草屋。一张油乎乎的八仙桌上放着一笸箩粗面火烧、一盘腌辣椒、一盘萝卜头子咸菜，还摆了五双筷子、五个粗瓷碗，一个满脸雀斑的小伙计双手提着把大燎壶正往碗里倒开水。庄德圃停止咀嚼，使劲咽了一口，腾出嘴来道："我先吃了个火烧垫垫。"

这时候，"刀疤脸"吆喝一声："粉皮大豆腐来喽。"

众人一齐扭头，就见他双手端着个热气腾腾的瓦盆迈着小碎步走过来，稳稳搁在八仙桌中间。庄德圃招呼道："菜齐了，吃吧。"

饿汉子们顾不上答话，一手抓火烧，一手攥筷子，如饿鹰攫食，风卷残云，不一会儿瓦盆、筐箩见了底。庄德圃一旁道："不够再要。"

护兵们拍拍肚皮："饱啦，饱啦，晚饭也甭吃啦。"

张鸿叶使劲咽下一块火烧，伸着脖子道："喝点水，赶快上路。"

他话音刚落，就听外边传来一种可疑声响，像是树上老鸹受惊起飞，张鸿叶却察觉到了不祥，他嗖一声站起来，右手伸进长衫中，攥住了盒子炮。就在这时，从前门、后门呼啦啦闯进七八个士兵，手中黑洞洞的枪口指向五人面门。

欲知后事如何，且看下回分解。

①卷子：一种面食，略呈长方体。
②冯焕章：指冯玉祥，字焕章。
③恩客：妓女对嫖客的尊称。
④朝阳花：向日葵的俗称。

第八回
吴化文密室授机宜
张步云宴席发谬论

庄德圃将口中茶水噗一声吐在地上，耷拉下眼皮道："收起家伙来，万一走了火，可不是好玩的！"

一个小头目忽闪着三角眼道："废话少拉！你们是什么人？到这里干啥？"他右手平端一支黑乎乎像盒子炮的铁家伙，不过形制较大，显得异常笨重。

庄德圃跷起二郎腿，右手中指关节有节奏地敲着桌子："我们嘛，是东乡来的皮货商，有公事①，小叶子，给这位老总看看。"

张鸿叶掏出张盖着大印的毛边纸，朝"三角眼"一晃："快看看，省得不放心。"

那些士兵都不识字，大眼瞪小眼，瘪了茄子②。"刀疤脸"挤过来，右手举起只帆布桶，嚷道："皮货商用这种东西？我看你们腰里鼓鼓囊囊，一定带着家伙。"

"老实交代，是不是八路探子？！""三角眼"又来了劲，眉毛竖起来，像只斗架的公鸡。

"没猜错的话，几位兄弟一定在吴总司令手下做事了。"庄德圃不紧不慢，显得胸有成竹。

"三角眼"一怔："是又咋样？不是又咋样？"

庄德圃一挥手："是的话，就带我们去见吴总司令。误了大事，吃不了可要兜着！"

"三角眼"口气一下子软下来："那就赶快走吧。不过，得给你们蒙上眼睛，这是总座命令，若不遵从，俺兄弟几位一样吃不了兜着。"

庄德圃摘下礼帽:"请便。"

"刀疤脸"探过脑袋:"小本生意,先把饭钱结啦。"

张鸿叶眼皮不抬,掏出块大洋往桌上一丢,大洋在八仙桌上滴溜溜转个圈,啪嗒一声落在地上。一个士兵拿出些黑布袋子,依次套在五个人头上,而后领着他们来到后院,扶上马背,继续西行。几匹马吃惊不小,竖起耳朵,频频回头张望背上的主人。

这一带群山连绵,沟壑纵横,马儿不习惯,走得很慢,傍晚才到了吴化文总部驻地张家庄。"三角眼"找到总部大院,恰巧在门口碰上副官。副官当即折回去禀报吴化文。吴化文喜得一蹦三尺高,戴上帽子,匆忙出门。庄德圃等人头上的黑袋子刚摘下来,张鸿叶使劲揉揉眼睛:"我的眼睛咋不管用了?莫非这黑袋子有魔法?"

一个同伴道:"天快黑了么,你又没长着夜猫子眼。"

张鸿叶朝西边望望:"吔,日头下去啦。"

几个人正在砸牙,吴化文步出大门,认出为首之人确是庄德圃,遂抱拳上前:"盼星星,盼月亮,终于把庄先生盼来啦!"

庄德圃从容还礼:"听说师长升任上将总司令,张师长派庄某前来祝贺。"

吴化文鼻子眼睛都是笑纹:"还有几位兄弟?"

庄德圃回头指一下张鸿叶等人:"这四位都是,还有五匹马。"

吴化文侧首对副官道:"都交给你啦,好生侍候。"

副官答应一声,招呼张鸿叶等人牵马去了隔壁院落,剩下"三角眼"和七八个手下呆呆站在稍远处,显得神情落寞。吴化文看出这些人是自己部属,之所以迟迟不走,不外乎是想领点赏钱,就一脸矜持道:"是你们将庄先生送来的?"

"三角眼"双脚立正,高高仰起下巴骨:"报……告总司令,俺是特务团一营二连三排九班中士班长陈小牛,在九山附近巡逻时碰上了这位庄……庄先生,就赶忙……送来了。"

庄德圃点点头:"幸亏碰到这几位弟兄,少走了冤枉路。"

"陈小牛?你爹是不是绰号……'黑叫驴',常在九山集上打铁?"吴化文迟疑道。

"是哩!是哩!""三角眼"一脸快活,"俺爹不光打铁,还会造枪,俺的盒子炮就是他造的。"

"知道，知道。"吴化文扬扬手，"先回营房吧，过几天叫人去找你。"

"三角眼"挺起胸脯答应一声，率领手下脚步杂乱往回走。出了胡同口，一个士兵道："人家去吃大席，咱们怕是连剩饭也吃不上啦。"

"三角眼"道："没听说总司令过几天要找咱？老鼠拖木锨，大头在后面呢。"

再说吴化文偕庄德圃走进客厅，八仙桌上点着两盏豆油灯，勉强能看清屋内摆设。两个人对着头坐下，一个身子像豆芽菜一样的小勤务兵立即奉上两杯热茶，而后轻轻闭上门去了院中。过了不到五分钟，副官匆匆进门，对吴化文道："宴席我安排了，杀了口肥羊，不知中不中？"

吴化文朝庄德圃笑吟吟道："庄先生和几位弟兄都吃羊肉吧？"

庄德圃使劲咽下一口唾沫："这年头，谁要是嫌膻气不吃羊肉，就该叫他去吃羊屎蛋子。"

吴化文一愣，朝副官挥挥手："赶快下锅，多加大料。"

副官走后，吴化文脸上笑容倏忽隐去，换上一副悲天悯人模样："这一路景象庄先生都看到了，化文也是心痛如锥！我原来的勤务兵徐怀忠就是饿死的，才是个十五岁的孩子，我见他孤零零一个人流浪乞讨，就收留他当了勤务兵，到头来还是饿死了。唉！若不是为了给部属寻条生路，我吴化文也不会冒天下之大不韪，接受'山东方面军'这个番号。"

庄德圃身子略略一躬："总座心境，庄某完全明白。"

吴化文像遇上知音一般，抱拳道："早就知道庄先生是个明白人。张师长有您辅佐，该省多少心啊。"

庄德圃搁下茶碗，轻轻吐出舌尖上一片茶叶："我在义威上将军③麾下黄凤琪旅任副官长时候，步云当个小连长，每次见到我，都有说不完的话。我是个重感情的人，又受了沈主席重托，就大事小事都替他兜着。"

吴化文感叹道："难怪张师长对您言听计从。您这样资深的副官长，踏破铁鞋也请不着。"

庄德圃嘴角一翘："不是倚老卖老，在步云面前，老夫说句话还是管用的。"

"那是，那是。"吴化文频频点头，又道，"那边形势如何？"

庄德圃蹙眉道："驻防五莲山时候，局面还不错。自从于学忠率部过去，一下子就乱了。步云率师部和特务团北上都吉台，日坐愁城，两鬓生出了白发。哦，庄某此行目的想必总座早就知道了。"

　　吴化文傻乎乎笑着，右手轻轻拍着太师椅扶手："庄先生啊，说句不中听的话，目下中国，四分五裂，群雄逐鹿，不亚于汉末三国，我和张师长这等朝中无人的草根武夫就是青楼中卖笑的娼女，谁有钱有势就傍谁，否则，不是被人卖掉就是等着饿死！"

　　"哦哦，这个说法倒是新鲜。"庄德圃两侧颧骨上现出红晕，就像挨了两个大耳光。他似乎也意识到了，赶忙端起茶碗来遮挡。

　　吴化文愈加得意："有一条不能忘，队伍是咱的命根子，队伍没了，屌毛灰也不是，实力强了，要风生风，要水得水。投靠南京政府前夕，有几位部下提出质疑，说这样搞下去恐怕没有光明前途。我开导他们说，日本胜了，咱们当然有光明前途，老蒋赢了，他肯定要咱们去打共产党，一样前途光明，万一老蒋不要咱们了，就去投奔共产党，他们正缺人缺枪，怎么能说没有光明前途呢？！"

　　"英雄所见略同啊，看来庄某没有白跑一趟。"庄德圃语气中带有一丝讥讽意味。

　　"张师长与我情同手足，他日子难，我这心里也不是滋味。"吴化文向前一探身子，"吴某不会锦上添花，却能雪中送炭。"

　　庄德圃点一下头："行前步云就说了，就靠总座这棵大树乘凉。"

　　两人正谈得投机，副官推门进来，轻声道："羊肉出锅了。"

　　吴化文看一眼庄德圃："趁热吃最好，庄先生肚子早就咕咕叫了吧？"

　　庄德圃似乎有些不放心："就咱们几位吧？"

　　吴化文嘴角一翘："就你那四位兄弟，还有咱仨。茧还没作成，我不会让蛾子飞出来。"

　　在张家庄住了数日，吴化文陪庄德圃去悦庄、鲁村、南麻一带转了一圈，跟第六军军长于怀安、第七军军长杨友柏见了面。四月底一个晴朗的早晨，庄德圃一行辞别吴化文，顺原路回返，日暮时分进了都吉台。王吉祥闻讯出来，惊喜道："庄先生可回来了！这几日您和师座都不在都吉台，我牵肠挂肚，好比是热锅里的蚂蚁。"

　　"师长去了哪里？"庄德圃惊讶不已。

　　"师座偕天和去了五莲山，说好今日返回。我安排了酒席，等师座来了一块吃吧。"王吉祥道。

庄德圃饥肠辘辘，闻言心中生出几分不快，丢下王吉祥，一个人进了师部。张鸿叶等人将吴化文赠送的几样礼品搬进屋里，牵着马去了后院马厩。王吉祥正忐忑不安，远处传来一阵熟悉的马儿嘶鸣，他知道张步云回来了，快步出了大门楼。就见一支小小马队拐过墙角，径直过来。未及王吉祥开口，张步云跳下乌骓马，一扔马缰，朗声道："吉祥，你看看……谁来啦？"

王吉祥定睛一看，就见一位身材魁梧的中年人从枣红马上跳下来，声音和悦道："王副师长，别来无恙？"

"啊，靳副师长！数月不见，真把吉祥想坏了！"王吉祥急忙上前行礼。

"吉祥啊，你在这边天天吃芝畔烧肉，喝景芝美酒，把我们扔在穷山沟里就不管了！"说话者是山东保安二师第一副师长靳子栋。此君保定军校毕业，曾任冯玉祥部旅长，早年率军驻防高密时候，给予大双庙联庄会会长张步云不少支持，张步云感恩戴德，拉起队伍后，请来已解甲归田的靳子栋坐第二把交椅。靳子栋思想正统，治军有方，莅临张部即雷厉风行，大刀阔斧。张步云看在眼里，却像吃了枚酸甜参半的山楂，甜的是靳子栋不长时间就将一群乌合之众点化成了一支训练有素的生力军，酸的是靳子栋获得上下一致敬重，威望如日中天。有人甚至说，若将张步云比作宋江，那么靳子栋就是卢俊义。巧的是张步云跟那宋江形容相若，都是"面黑身矮"，靳子栋虽不像卢俊义"目炯双瞳，眉分八字，身躯九尺如银"，也是高大方正，相貌堂堂。

见王吉祥正跟靳子栋絮絮叨叨说话，张步云上前打断："庄副官长回……回来啦？"

"也是刚到，椅子还没坐热呢。"王吉祥弯腰捡起乌骓马的马缰，顺手捋捋项上鬃毛，"还给师座捎回一宗礼物。"

"老将出马，一个顶俩。我就知道老长官不……辱使命。"张步云一脸快意。

这工夫，又有一位身材瘦长、脸像"梢木荬④"的中年人过来，没说话先捣了王吉祥一拳，接着就亲亲热热拉起呱来。此人姓郭名竹庭，高密县西注沟人，累世经商，景芝街上的裕顺号烧锅就有他的股份。张步云年轻时，常去东注沟、西注沟嫖娘们，郭竹庭也好这一口，两人志同道合，结为莫逆之交。张步云拉起队伍，郭竹庭自然成了他手下大佬。

"各位不进门，在这儿嘀咕啥？"庄德圃不知何时站在了门前青石阶上。

张步云环顾左右："这一带地面真……邪，说谁谁到。"

59

"你不到吉祥又不开席，老夫饿得前心贴着后心了。"庄德圃打着哈哈道。

"罪过，罪过！咋能把老长官饿瘦啦！"张步云兴奋道，"大家伙儿难得团聚，今夜咱们一醉……方休！"

王吉祥小心道："只剩下一坛酒，不知够不够？"

庄德圃眼睛不看王吉祥，兀自道："我带回两水壶地瓜酒，劲头冲得很。"

"劲头大的顶饭，我年轻时去景芝推酒，上不去崖头，喝上一提高烧噌一声就上去啦。"张步云说完，拽一下郭竹庭，装作私谈却故意让靳子栋、庄德圃听见："你明日回趟景芝，照料一下买卖，另外给靳先生、老长官捎几坛刚开窖的桃花瓮。要一等货，你那里没有，就去泰和楼，别糊弄我。"

郭竹庭卷着舌头道："师长放心，说起酒来，我郭竹庭倒是可以吹吹牛屄。"

趁郭竹庭掰着手指大拉特侃，张步云对庄德圃道："吴绍周送的？"

"所部军需处自己酿的。"庄德圃掏出个牛皮纸信封递过去，"这是吴绍周的亲笔信，口说无凭，以此为证。"

眼见张步云、靳子栋、庄德圃、郭竹庭相偕进了大门楼，王吉祥回头寻找张天和，就见他从后面走过来，轻轻跟王吉祥搭一下手，低声道："弟兄们在哪里吃饭？"

王吉祥道："单独一桌，在东厢房，就是少了俩菜。"

"这就不糙了。"张天和回头对勒马静候的七八位护兵道，"将马伺候好，再去东厢房吃饭。"

护兵们又累又饿，牵着马呼呼啦啦去了后院。王吉祥嘱咐了大门口哨兵一声，快步到厨房外吆喝一声，两个勤务兵抬着食盒、酒坛出来，尾随去了客厅。靳子栋、庄德圃、郭竹庭、张天和诸位已经落座，正相互窃窃私语。王吉祥一边指挥勤务兵上菜、斟酒，一边向门外张望。因为雇了个景芝厨子，所以满桌景芝风味，有小炒肉、菠菜饼、鸡脯丸、拌和菜⑤，还有几样小咸菜，压席大菜是红烧鲤鱼和煮羊头。勤务兵上齐了菜，抬着食盒正要出去，碰上张步云阔步走进，朝桌上扫了一眼，对王吉祥道："弟兄们那边一样的菜？"

"少了煮羊头和鱼，"王吉祥迟迟疑疑道，"就杀了一只羊。"

"你这事捹⑥的！靳副师长不是一再告诫官兵平……等吗？"张步云眼珠一转，"叫过俩弟兄，把鲤鱼和羊头端……过去。"

"这……"王吉祥求援似地看着靳子栋、庄德圃。

靳子栋端着茶碗喝水，没有说话。庄德圃慢悠悠地道："这样吧，羊头端过去，鲤鱼留下，无鱼不成宴嘛。"

张步云沉吟片刻："那就听老……长官的。"

靳子栋搁下茶碗道："还是王副师长送过去吧，顺便向弟兄们说明师长美意。"

王吉祥刚刚从东厢房返回，护兵们又簇拥着张鸿叶把煮羊头原封不动端过来，七嘴八舌道："师座心意我们领啦，那边也是一大桌子菜，吃不了。"

张步云装模作样道："是靳副师长和庄副官长提议送给你们的，我还……管这些屌事？！"

护兵们还在嚷嚷，张步云一挥手："叨叨啥？端回去，凉了就膻……气啦。"

护兵们端着煮羊头去后，张步云端起酒盅朝靳子栋、庄德圃点点头："窗外黑啦，开……席吧。"

"开席，开席，肚子真有点饿了。"庄德圃攥着筷子道。

酒过三巡，座中诸人都微微有了几分醉意，言语随便起来。张步云满脸溅朱，借着酒劲道："大……丈夫横行江湖，既为保国安民，还为人生快意。若是一条道走……走到黑，那就没有意思啦！你们说是不是？"

座中诸人都听出了话外之音，除了靳子栋，纷纷点头称是，靳子栋碍于脸面，也没出言反对。张步云心中明镜也似，却佯作醉眼蒙眬样子，喋喋不休道："不当家不知柴米贵……只要队伍在，大家伙儿就有衣穿，有饭吃，有前程，留着骨头不愁长肉嘛……真惹上大麻烦，往我身上一推就是啦。"张步云说罢，目光求援似地看着靳子栋。

靳子栋知道再不表态说不过去了，便直起身子道："师长于靳某有知遇之恩，靳某就敞开肺腑直言吧！民国肇始，武夫争雄，大家今日直系，明日皖系，改天奉系，顺水推舟，随风转舵，无人觉得汗颜，都是中国人嘛。若为一己之私投靠外人，出卖民族利益，如石敬瑭、张邦昌、刘豫、吴三桂之流，那就另当别论了。"

听完靳子栋一番陈情，张步云眼睛明亮，轻轻一拍桌子："靳先生真说……到我心里去啦！关云长也曾降汉不降曹，世人却视之忠义化身，可见'降'不是问题，关键是降谁和降后行止。"

靳子栋生怕张步云误解了他的意思，干脆道："抗战进入第六个年头，我部面临空前未有之压力，中央和省府自顾不暇，师长自寻生路，也是没办法的事。不过，万万不可托庇倭寇翼下，否则，跳进黄河里也洗不清！"

"步云以人格担保，不与日人发生关系，老长官去吴绍周处只是探探风声。这笔买卖做或者不做，须看行情而定。"张步云信誓旦旦，口齿清净。座中诸人只有庄德圃知道，张步云说话稍带结巴纯属模仿韩复榘，有时候是为了试探对方反应，揣摩对方心理，一旦打定主意，作出判断，就不结巴了。

庄德圃见火候已到，欠欠屁股道："老夫这次去见吴绍周，也算有些收获。他说我们这种起自草莽的杂牌军，在中央和省府大员眼中就是没退净毛的野物，姥娘不亲，舅舅不爱，自寻出路就对了，否则死了也没有收尸的。"

张步云点点头："这话难听归难听，却是实情。"

庄德圃又道："应吴绍周邀请，老夫还去于怀安第六军、杨友柏第七军驻地看了看，所见军容整齐，粮秣充足，军械大有改观，看来南京政府为笼络吴绍周，的确下了大本钱。"

张步云方才匆匆看了吴化文的亲笔信，一切都了然于胸，却故意道："老长官，我问你，假如我部投靠过去，吴绍周能给个啥名分？"

庄德圃一怔，随即道："也谈过这个问题，吴绍周说正式番号一时半霎下不来，可先使用山东方面军'暂一军'这个名义，下辖三师，各部大小官佐由我们自己任命，军饷、军械由他向南京申请。"

靳子栋似乎没听见，端着茶碗一小口一小口呷着，王吉祥忙着给众人斟茶，郭竹庭好像被鱼刺卡着了，右手拇指、食指反复捏弄着嗓子。一直沉默不语的张天和突然开了口："不管三房四房，总得给个名分吧，否则不像明媒正娶！"

欲知后事如何，且看下回分解。

①公事：指公文、文书。

②瘪了茄子：茄子因被霜打或日晒而呈现出来的蔫巴状。引申为变得老实、蔫巴了。

③义威上将军：指张宗昌，一九一四年被北洋政府授予"义威上将军"，系北洋军阀二十四位上将之一。

④梢木莱：蚂蚱的一种，脸长、身子长，善飞不善跳。

⑤拌和菜：即拌凉菜，主要原料是白菜心、粉条、干油条、蒜泥等。

⑥搂：潍坊方言，做、干。

第九回
王林肯班岗村隐遁
郭竹庭西利见窥营

张步云也不说话，用筷子夹块鸡肋填在嘴里咯吱咯吱嚼着，待油水咂摸得差不多了，噗一口吐在地上，抬头道："'暂一军'就'暂一军'，只要他能给咱军饷、军械，反正咱也没做长久打算！咱高密有句俗话，叫作：走哪山，砍哪柴，过哪河，脱哪鞋。"

郭竹庭抢先道："就是。不见兔子不撒鹰！"

王吉祥应和道："日本人都耍不了师座，遑论吴绍周。"

张步云摆摆手，转向靳子栋，声调和悦道："靳先生，您在西北军时跟吴绍周也算是同僚啦，说说您的高见。"

靳子栋正襟危坐，一脸凝重道："吴绍周向来朝三暮四，不可重托，这招棋仅是权宜之计。眼下我部弱小，应避免与诸强争锋，诚宜避往莒日山区，韬光养晦，整军备武。行前我跟关参谋长谈过，他也是这个意见。"

"靳先生的意见，总览全局，高屋建瓴，说到我心里去啦。吉祥斟酒，咱们庆贺一下。从现在起，各位官升一级，我就不客气啦，当这个'暂一军'军长吧，靳先生任副军长，老长官任军部副官长，关铺任军部参谋长，吉祥、竹庭分任一师、二师师长，三师师长暂由我兼任。于学忠这些日子被日军打得丢盔弃甲，兔子尾巴长不了啦。军部后日南移叩官，招兵买马，重整旗鼓。"张步云意态激昂，目光灼灼，"为庆贺大功告成，全军官佐增发五块大洋，士兵三块，这笔款子由我个人支付。"

庄德圃慢悠悠道："不是个小数目啊！"

张步云诡谲一笑："都是老长官教的！应龙在黄旅长麾下当连长时，常听老长官说'财聚人散，财散人聚'这句话，就牢牢记在了心中。靳先生，这样安排行不行？"

靳子栋扫了众人一眼："这都吉台北临渠河，物产丰饶，距大双庙也不远，应该留守一部人马，跟叩官南北呼应，以备不测。"

"靳副军长所言极是！狡兔三窟嘛，再说啦，咱们开拓的防区也不能拱手送人。"张步云目光在王吉祥、郭竹庭、张天和脸上扫来扫去，显然在考虑谁留下更能胜任。

郭竹庭心知肚明，起立道："若军长信得过，我老郭愿率二师留守此地，不过我一个光杆子顶不了大台。"

张步云知道郭家在当地商号颇多，主动请缨留下除了想替老友看场子外，也有照料自家买卖的想法，就眉毛一扬道："有竹庭在，我就放心啦。特务团留给你，人数虽不多，都是以一当十的老干家。嫌少自己去招，竖起旗杆来，还愁没有兵。另外，叫天和留下……遇事好有个商量。"

张天和一向深藏不露，惜字如金，不论跟谁，都是酸枣核解板——拉不了几锯（句），连张步云也弄不清他到底在想啥。郭竹庭却是个"话篓子"，尤其喝了酒，恨不得再生出一张嘴巴来。这两人一个甘草，一个大戟，正好犯着。所以当郭竹庭听说让张天和跟他搭档，一颗心登时凉了大半，可是话已出口，又当着张天和面，只好强颜欢笑："军长我真服啦，你叫我老郭自己挑，还能跑了天和贤弟。"

张步云不动声色："咱俩多少年啦，你想啥我能不知道？！"

四月底一天清晨，青灰色天幕上还有几颗残星，公鸡叫声此起彼伏，几位早起的村民揉着惺忪睡眼出门挑水，身子摇摇晃晃，根本不看路面。张步云、靳子栋、庄德圃、王吉祥率师部官佐吃罢早饭，悄悄离开青灰色师部大院，沿着幽静街道南去。郭竹庭、张天和亲自拉开两扇厚重木门，吱扭吱扭声惊起一群在城门楼上栖息的老鸹，呱呱叫着从头顶掠过。

行至彭戈庄，张步云勒马回首，望见都吉台上空炊烟袅袅，一股留恋之情油然升起，对身旁靳子栋道："都吉台是个好地方啊！庄中老学究说，这庄子前身是西汉的平昌城，《水经注》上有记载。我找几个风水先生看啦，都说此处是龙兴之地。"

张步云野心勃勃，当个省主席还不过瘾，甚而做着帝王之梦。对张步云这些荒唐想法，靳子栋心知肚明，寻到机会就敲打几下。于是他坐正身子，一板一眼道："该村北临渠河，东濒荆河，这种地理古书上称作'二龙戏珠'，两条河是两条龙，珠子自然就是都吉台了。二龙缠斗不歇，断非吉祥之兆。你说的那个平昌城，恐怕就是被大水所毁。"

张步云品出了靳子栋话外之意，打着哈哈道："靳先生上通天文，下知地理，是……当世难得人才，步云自愧不如啊！"

靳子栋借坡下驴，侃侃道："纸上谈兵，靳某还有几分能耐，若论统领三军，冲锋陷阵，须是军长这等名将。"

张步云去后，郭竹庭成了都吉台的"老大"，忙着招兵买马，点将布阵。这日上午，南风大作，吹得天空没有一丝残云，像块透明蓝水晶。郭竹庭、张天和率四名护兵，身着便衣，乘快马去班岗村拜访王林肯。不知何故，张天和今日特意戴上了一副墨晶镜，看起来更加阴险莫测。路旁冬小麦长到了膝盖高，正在拔节绣穗，顶上蹿出了纤细、柔软的麦芒，挂着或乳白或蛋黄的麦花。那年月渠河上桥梁甚少，好在汛期未至，河水清浅，刚刚没过马蹄。一干人走东石埠、贾岗，再涉运粮河，进了班岗。正值农忙季节，街头少见闲人，只在一座长满青草的低矮门楼下碰到个面如黄纸的懒汉，肩头斜倚门框，眯缝着一双睡眼在晒太阳。郭竹庭下马递上一支"三炮台"，让他带路去"双盛和"。懒汉懒得说话，将香烟夹在耳朵上，晃晃悠悠爬起来，迈动两条麻秆细腿去了后街，指一指槐树底下三间青砖小屋："那就是了。"

"双盛和"店面不大，门口的蓝布幌子在风中翻飞，两扇木门被风吹得咣当咣当响。郭竹庭将马缰递给护兵，放轻脚步走进店中，见一个瘦猴似的伙计正坐在方凳上打盹，像个竖起身子的磕头虫。郭竹庭不由得哑然失笑："小伙子刚娶媳妇吧？昨晚保准熬了夜。"

伙计睁开眼，慌忙站起来："先生打酒么？咱家的酒保证不掺水。"

"谁掺水是乌龟！"郭竹庭掀开包裹着棉被的盖垫嗅了嗅，"没撒谎，顶不济'十三个六'①。你家掌柜的是不是叫王林肯？"

伙计转一下黑眼珠："都叫他王先生，一早去了村北，说有只画眉见天在皂角树上唱歌，他见天去听，跟画眉熟活了，不论刮风下雨，画眉都在树上等他。哦，你找他有事？"

"也没什么事，"郭竹庭将一包茶叶放在柜上，"王先生回来后把茶叶给他，就说高密西注沟一个姓郭的来看他啦。"

出了"双盛和"，郭竹庭见张天和正在梳理马鬃，靠近道："伙计说王林肯去了村北，听什么画眉唱歌，我看他是不想见咱们。要不是军长临行前一再叮嘱，我才不来呢。"

张天和抬起头来："这样正好。"

郭竹庭道："王先生这个人啊，倚老卖老不说，依仗对军长有恩，不知天高地厚。咳，不说他了，一说就气得我蛋子疼！"

张天和淡淡道："不跟他一般见识。"

"就是。军长担心叫人戳脊梁骨，也是忍气吞声。"郭竹庭晃晃脑袋，"这一带土肥水美，不过光靠眼下这几个庄子不行，人马多了，就要开拓给养区。"

"难啊！"张天和摇摇头，"沿河庄子历来民风强悍，谁家的账也不买。"

"必要时就得杀鸡给猴看，攻破一个圩子，其他的就老实了。"郭竹庭仰头看看蛋黄一样的太阳，"时辰还早，庵上有个铺子前年拉了十坛高烧，一直没付款，难得今日闲暇，陪我去要个账吧。"

"走，权当遛遛马。"张天和左脚踩着马镫，右脚一使劲，身子跨了上去。

六匹马迈着小碎步出了圩子西门，绕过鳞次栉比的村庄奔往西南。走了一程，眼前现出一条南北走向的大道，虽然年久失修，但比起路人踩踏形成的村道，显得平整、笔直，路面干燥，随风扬起一股股黄尘，几辆骡马车吱吱呀呀南来北往。郭竹庭一勒马缰："这就是安丘通诸城的干道了，南边不远就是渠河。"

张天和摘下墨晶镜，抬手在前额搭个遮阳棚，朝西张望一阵，低声道："西边朱家庄、东利见、西利见几个庄子都有队伍，咱们还是沿渠河畔走，以免招惹麻烦。"

郭竹庭眨眨眼皮："西利见莫不是李桂登老家？"

张天和戴上墨晶镜："正是。他在那里驻扎了一连兵力。另外朱家庄都干臣部也有相当实力，两庄相距一箭之地，一旦有警，则彼此增援。"

郭竹庭道："我跟都干臣有过一面之交，听说他在北洋军陆军第五师干过，畅晓军事，所部都是子弟兵，战斗力不容小觑。此人跟李桂登系小学同学，两人气味相投，常在一起纵论天下大事，中学毕业，李桂登考入北平警官高等学校，都干臣考入保定军需学校，事变之后，虽然各自拉起一支队伍，但都干臣一直唯李桂登马首是瞻。我部若在这一带庄子征粮收税，须得降服这两条地头蛇。"

张天和道："这一仗早晚免不了。我们此番溯河而上，正好借机察看一下这两个庄子的地理。"

六个人拍马沿渠河北岸走了一程，隔着几个麦秸垛，可见朱家庄南门外空场里有一队人马在操练，喊叫声清晰入耳。郭竹庭嗤嗤一笑："连眼皮子底下这些大活人都看不见，练那些花架子管屁用！"

过了清澈见底的店子河，就见正西现出一道黄泥圩墙，这就是西利见了。周边土地平整，像是黄绿相间的地毯，三三两两的农人在里面弯腰劳作。行至南门附近，郭竹庭见大门洞开，除了一只饥肠辘辘的野狗在东张西望，看不到站岗士兵，门楼后一棵高大青杨在风中呼啸，上面黑乎乎的野巧窝若隐若现，两只野巧扑棱着翅膀嘎嘎叫着，费了好大劲才钻进窝中。郭竹庭放下心来，点燃一支"三炮台"，慢悠悠吐着烟波："原以为壁垒森严，看来也就这么的②！"

张天和正要答话，就见门楼上木棂窗口亮光一闪，像是"千里眼"一类东西反射了太阳光芒，他急忙拉一把郭竹庭："上面有人监视咱，赶快走！"

郭竹庭有些不相信，抬头去看门楼。就听一阵呐喊，从南门里冲出一队人马，为首者骑一头青马骡，身后士兵有的端枪，有的举刀，像旋风一样卷过来。郭竹庭、张天和以及身后的四名护兵吃惊不小，纷纷去怀中摸枪。郭竹庭冷静道："甭慌，这些小喽啰见过啥世面，我三言两语就打发他们乖乖滚蛋。"

马骡子看见了马，像是见了亲娘，咴咴叫着跑过去。马儿们有几分紧张，耳朵向两旁竖立，清亮的大眼睛一眨也不眨，长长的睫毛在瞳仁中映出了倒影。相距十步远，郭竹庭看清了，马骡背上那位年青骑士佩戴上尉领章，左手握住缰绳，右手提一把"大腰鼓③"，锐利的目光在郭竹庭、张天和脸上一扫，厉声道："干什么的？"

郭竹庭欠欠身子："买卖人，庵上的，打这儿路过。大路朝天各走半边，没招惹长官吧？"

上尉一脸狐疑："那怎么停下不走啦？有啥好看的？"

郭竹庭摸着下巴骨上一颗宛如黑豆的痦子，柳叶似的小眼里满是笑意："马跑累了，住下歇歇。"

上尉不依不饶："为何撇开大路走这坑洼不平的河沿？"

郭竹庭呵呵一笑："常走就没啥意思了。怎么？还要留下买路钱？！"

上尉显得胸有成竹："那倒不必。我们打鬼子急需马匹，想借这几批马用用。"

"打鬼子嘛，自然是好事，不过这几匹马不是我们的。"郭竹庭扔掉烟屁股，"回去问问老掌柜，他若答应了，我等一定给贵军送来。"

"那我可等不及！你们老掌柜姓甚名谁？"上尉将"大腰鼓"插进皮套，一骗腿儿跳下骡子背。

不等郭竹庭开口，张天和嗖一声从黑衫底下摸出把二十响盒子炮，黑洞洞枪口指向上尉面门："这就是我们家老掌柜，来自德国，你问问它答应不答应？"

郭竹庭跟上一句："别看口小，嗓门挺大，可别惹它！"

几乎同时，那四名护兵也从怀中抽出盒子炮，排成扇形瞄准了上尉的部下。张天和拍马趋前一步，对上尉道："赶快退回庄内，我数到十，你听着：一……二……三……"

上尉面无惧色，右手始终在手枪皮套上摩挲。部下有人胆怯了，七嘴八舌道："算了吧连长，人家是买卖人。李县长不是叫咱们保护商旅吗？"

"庵上又不远，说不定能论起亲戚来。"

张天和一字一顿，节奏不变，从一数到九，上尉额头上汗珠子冒出来，挥挥手道："走吧，我说话算数，不会背后开枪。"

郭竹庭坐正身子，抱拳道："后会有期，定来答谢长官美意！"

上尉道声"不送"，率部返回西利见，气咻咻进了一座青砖大门楼。部下在门外喊喊喳喳一阵，各自散去。上尉名叫李继光，是土生土长的西利见人，最早给李桂登当护兵，曾经跟随邢子奎去莒县店子集，走王林肯的门子，帮助李桂登复任安丘县长。安丘县保安团成立后，李桂登任命李继光任三连连长，率部驻防故里，会同都干臣部保护利见乡各村安全。

却说李继光气闷闷仰在太师椅上，越想越觉得自己刚才处置失当。当着部下栽了面子是小事，让汉奸从眼皮底下溜走就不可原谅了。还有那六匹快马，组建个侦察班绰绰有余，自己那匹马骡早该换了……他正在胡思乱想，护兵从门口探进头道："都营长来了。"

"快请！"李继光一下子跳起来，冲到门口，跟一位三十来岁的高个军人撞个满怀。这人正是都干臣，最早响应孙秀峰起事，担任八纵队二大队大队长，孙秀峰无奈出走，所部又依附厉文礼挺进第二纵队，一直驻防朱家庄。朱家庄商号众多，财力雄厚，无须厉部提供军需、给养，所以在行动上比较独立。城顶山之役后厉文礼附敌，都干臣趁机脱离厉部，投向李桂登，成为安丘县府名下的独立营。都干臣挨了一撞，摸着胸口乐呵呵道："又不是美人上门，继光何必如此急切！"

欲知后事如何，且看下回分解。

①十三个六：酿酒术语。即十三等份酒掺入六等份水为"直浆"，在五十度左右。

②这么的：安丘、诸城、高密交界区域方言，"的"此处读【di】，"这么的"意为"这么样"。

③大腰鼓：西班牙制造的一种匣子枪，弹匣较大。

第十回
拓防区日伪动刀兵
护家园军民铸干城

李继光一脸不好意思："刚才一件事办得屎臭尿骚，正打谱上门讨教，却听说您大驾光临，我这两条腿像安了弹簧，不由自主就跳起来啦。"

"继光真会讲话，这些年没白跟着李县长走南闯北！"都干臣见李继光颇为受用，笑眯眯道，"出了啥事？说给我听听。"

李继光长话短说，将方才经过大略叙述一番。都干臣脸上笑容倏然消失："领头俩人什么模样？"

李继光眨巴眨巴眼睛："一个刀条子脸，眯缝眼，下巴骨上有个黑瘊子，另一人戴副黑眼镜子，面皮黄白，看不出啥模样。"

都干臣一愣，脱口道："刀条子脸应该就是郭竹庭了，他右侧嘴角下有颗黑瘊子，乍一看，像趴着个苍蝇。前年正月初一他到朱家庄拜访柳堂兄，我们见过一面。他在景芝街开着烧锅，柳堂兄的正记商号以前从他那里拉酒，后来账目上出了点纠纷，就没有来往了。"

李继光松了口气："还真是个买卖人，我见他目光阴暗，以为来路不正。"

都干臣道："这个人啊，除了在景芝街开着烧锅，还在张部任职，是个老兵痞。"

李继光脑袋一下子大了不少，急忙道："他老家是庵上？"

都干臣摇一下头："我记得是高密西注沟。"

"那他咋说是庵上？"李继光一张白脸涨得赤红，好像煮熟了的蟹子壳。

"那一定是心怀不轨。"都干臣断然道，"他这番来，不外乎是想打朱家庄、西利见的主意。"

"来吧，我正愁见不上他啦！"李继光恨恨道。

都干臣神色严肃起来："郭竹庭惯匪出身，行事诡谲，一定要加强戒备，切勿让他钻了空子。"

"那是自然，"李继光眉毛一扬，"只要西利见、朱家庄联起手来，郭竹庭纵然吃了豹子胆，也不敢前来捣乱。"

都干臣道："朱家庄、西利见唇齿相依，诚宜结下生死誓愿，同心共意，但有吉凶，递相救应，若各自为战，就只有村破人亡了！"

李继光道："还是以灯笼为号，只要发现敌情，即刻在门楼上升起报警。"

都干臣道："除非同时遭袭，一村有难，另一村务必全力救援。"

花开两朵，各表一枝。却说郭竹庭、张天和一行逃过一劫，半途中两人达成共识，近日即出兵讨伐西利见。为确保成功，张天和提议请日军出兵助阵并自告奋勇去安丘城接洽。

翌日一早，张天和偕一名护兵扮作古董贩子乘马去了安丘城，护兵怀中藏了两斤胶县产烟土。通过熟人引荐，张天和见到了安丘县知事魏公佛，奉上一斤烟土，透露了自己身份和此行目的。

魏公佛见张天和不像个正派人，有了七分相信，遂让张天和跟护兵坐着喝茶，他快步去了"鬼子院"向高岛汇报。高岛倒是很慎重，给驻潍县日军部队长上村大佐打电话请示机宜。上村大佐不敢做主，又给驻青岛的日军独立第五混成旅团旅团长内田银之助少将发报请示，最终证实张步云所辖保安二师确实跟吴化文山东方面军有过接洽。上村给高岛回电话，要他相机处理。高岛跟魏公佛斟酌再三，决定派兵策应郭竹庭攻打西利见。

五月八日拂晓前，天幕上还有残星，大地一片隐晦，郭竹庭、张天和率一营人马出了都吉台，沿渠河南岸快速奔往西利见。郭竹庭、张天和骑马走在队伍前头，新换过掌的马蹄子走起路来咯噔咯噔格外有劲，几只马蝇不离不弃，嗡嗡嘤嘤，在马脸上又咬又撞，两匹马不住晃脑袋、喷响鼻，马嚼子叮叮当当响个不停。行至里丈村北，郭竹庭回首望望东方，对张天和道："不消半个小时日头就出来啦，不知道日军能不能准时到达？"

张天和道："日军纪律严明，师长毋庸多虑，我倒是担心我部能否赶在日军之前到达。"

"我们是主，他们是客，不能让客人等候。"郭竹庭朝张天和点点头，又对一旁护兵道，"传令加快步伐，务必日出前赶到西利见。"

张天和跟上一句："谁拖拖拉拉，回去卸了他的腿。"

见护兵没有吭声，郭竹庭道："听清了没有？把副师长这句话一同传达。"

这道命令一下，士兵们脚步骤然加快，天不亮就涉过渠河，来到西利见村南。郭竹庭正待布阵，东北方向起了大风，风头昏黄，似一条暴龙迎面扑来，尾巴扫着大地，身子昂在半空尖声啸叫。郭竹庭猝不及防，被风沙迷了右眼。卫生兵跑过来又是吹气，又是翻眼皮，那颗沙粒好似捉迷藏一般，就是不肯出来。郭竹庭心烦意乱道："我这眼睛实在不算大……再说了，好端端五月天，怎么就起了东北风，真他妈邪门！"

眼见东北风越吹越紧，一时半霎不会停歇，张天和提议改变计划，转到村北，跟日军兵合一处后再作打算。郭竹庭出师未捷，先伤一目，心中早生怯意，遂率部向西转了半个圈，来到西利见村北，藏在一片桃树林中，等待日军到来。

再说西利见那边，在圩墙上站岗、巡逻的士兵们经过一夜煎熬，两只眼睛好比亮了一夜、快要耗尽电能的手灯，光线暗淡，奄奄欲灭。就在这时，一股大风从东北吹来，圩墙上砂石飞溅，士兵们站立不稳，纷纷避往东西南北四个门楼。北门楼正对风头，风势尤为强劲，窗户棂发出阵阵怪响。一个长着颗筅子头的士兵道："这风真他妈怪，说来就来，莫非天上真有风伯？"

另一个绰号"半部天书"的士兵将着下颌上并不存在的胡须道："古书上讲：云从龙，风从虎，恐怕有什么东西从这一带过。"

一旁有个驼背半老汉子神秘兮兮道："这么怪的风，里面一定有物。听俺姥娘说，安丘城南某庄有个闺女，右手指甲上突然添了条红丝，细看还隐约活动，某日大风忽起，跟着霹雷一声，那闺女指甲裂开，红丝腾空而去，变作一条红龙上了云头。"

众人听了连连咋舌，"筅子头"道："那闺女后来怎么着啦？"

"怎么着啦，右手变成个鸡爪子，摊煎饼都拿不住耙子，好歹才嫁出去。"驼背吧嗒着厚嘴唇道。

"俺还以为当了娘娘。""筅子头"一脸惋惜。

"这样的闺女谁敢娶？有朝一日红龙上门认娘，她那汉子还不得像许仙一样吓掉魂。""半部天书"昂起尖下颌，炯炯发光的眼睛里满是不屑。

"大班长，在看啥？""筅子头"知道自己是个睁眼瞎[①]，跟"半部天书"

搭不上话，就转身拍拍身旁一个人肩头，"看到了啥，红龙还是黄龙？"

见那人没回应，"篾子头"讪讪道："叫你班长还不答应，看来得叫你李兰洲。"

那个叫李兰洲的班长又看了片刻，失声道："快看，桃树林里似乎有啥东西！"

几个人屏息静气，迎着风头使劲睁大眼睛，盯着店子河北岸那片绿苍苍桃林。俄顷，"半部天书"牙齿格格响着道："是……有人影晃动……"

"篾子头"两颗大眼珠子骨碌了一阵，惊呼道："快看，有大马，还有旗子！"

驼背眯萋着风沙眼，一脸得意："俺说什么来？那物这不是来啦！"

"二叔快去报告连长，其余人散开警戒！"李兰洲吩咐道。

那个被李兰洲唤作"二叔"的驼背扑棱一下爬起来，夹紧屁股下了门楼。其他人伏在砖石垒砌的女墙后，悄悄将子弹压上枪膛。这时候天光渐亮，隐约可见店子河北岸土坡上一个指挥官模样的人在指手画脚，继而一些人散开，把朱家庄、东利见村北的草垛倒腾到了西利见村北。这是搞啥鬼把戏？难道是火攻？这距离也太远啊！李兰洲正疑惑，听身后脚步杂乱。他回头一看，就见李继光率几名护兵跑步上来。李兰洲抬手朝北边一指，急促道："连长快看！"

李继光正举着"千里眼"仔细观察，从东门楼那边猫腰跑过来一个方脸汉子，上气不接下气道："刚才看到东门外有几个人影，我喊了一声，立刻像土遁一样不见啦。"

李继光没有答话，侧头对李兰洲道："你去西门、南门看看，不管有没有情况，立刻回来。"

李兰洲答应一声，飞也似地去了。李继光对方脸汉子道："那几个人你就甭管啦，立刻升起灯笼，越高越好！"

方脸汉子去后不久，东门楼一侧竹竿上徐徐升起个全身赤红的瓜棱形灯笼，像气球一样飘向西南，拽得细竹竿咯吱咯吱响个不停。这工夫，李兰洲一溜小跑回来了，气喘吁吁道："报……告连长，西门、南门外都没动静。"

"这就好办啦，"李继光从容道，"通知各排排长及保长、甲长，速来北门楼开会。"

东北风仍然劲吹，大块灰云急溜溜掠过头顶。那些喜欢清晨在女墙上卖弄歌喉的鸟儿似乎察觉到某种不祥，停留片刻，就抖动翅膀，各自飞走。不到一刻钟，三名排长及保长、甲长上了北门楼，个个脚步慌乱，神情诡异，好像腚后跟着妖精鬼魅。

碰头会上，李继光断定来犯之敌肯定是郭竹庭所部，即将从村北发起进攻，但东面也可能部署了兵力，目的是切断西利见跟朱家庄、东利见之间的联系，决定一排守北门，二排守东门，三排守南门和西门，并担任预备队，精壮劳力分作三拨，协同作战。

一排长道："一场恶战在所难免，我有个要求，把连部那挺捷克式暂时拨归我排使用。"

李继光点点头："可以，好钢用在刀刃上嘛。"

二排长接过话茬道："要打仗啦，早饭弄得好一点，别总是黏粥咸菜、咸菜黏粥。"

"差点忘了这码子事！"李继光拍一下脑袋，吩咐护兵，"通知炊事班，把所有鸡蛋都煮上，先垫巴垫巴，打胜啦，本连长请弟兄们吃饼卷芝畔烧肉②，管够！"

三排长年龄稍长，人也显得老成持重，他斟酌一番方道："战端一开，便难以逆料，是否令百姓携带粮食、牲口、财物撤离，以让士卒无牵无挂。"

李继光知道三排长所言有理，但想到百姓都走了，士兵们肯定少了破釜沉舟的勇气和斗志。正拿不定主意，二排长插话道："圩墙毁塌可以重修，房子烧掉可以再盖，唯独人命不能复生，我看可以让老幼妇孺出村躲避战火。"

一排长和几位保长、甲长纷纷道："枪子不长眼，谁也没穿着铁布衫！"

"真死上几个人，就来了咱的罪啦！"

李继光内心也倾向撤离，只不过想听听众人意见，于是起身道："那就动员百姓撤离吧，实在不愿走的，也不勉强，毕竟各家都有不少财物。"

东门里老槐树下悬吊的那口元代铸造的铜钟一连响了七声，声音浑厚、悠远，将沉睡的村庄唤醒。家家户户大门几乎同时吱扭吱扭开了，人们衣衫不整跑出门，相互打探消息，继而牵牛拽驴，有的出西门，有的走南门，消失在西南方一条宽阔大沟中。大沟两旁遍生荆棘棵子和低矮刺槐，翠绿的叶片在风中抖动，像河水一样哗哗响。从南门里青杨树上飞下一只老野巧，喳喳叫着，在人们头顶盘旋。

　　当最后一名白须老人牵着小山羊出了西门，焦急的士兵发一声喊，呼隆呼隆将两扇沉重的木门关闭，插上三根槐木闩，顶上两根枣木杠。几只没来得及随主人外逃的狗儿似乎知道大祸临头，狂吠着在街巷中来回奔跑，最后跳墙回到各自家中。

　　李继光率护兵班在圩墙上巡视一周，刚回到北门楼。一排长跑过来道："'草鞋底'③从麻阿来啦！"

　　李继光腾一下跳起来："快带过来！"

　　来人姓李，是李桂登的堂侄兼传令兵，因他个头矮小，脚步极快，比得上百足虫，故混了个"草鞋底"绰号。草鞋底踉踉跄跄进了北门楼，一腚坐在地上："二叔叫我回来送信……"

　　李继光急忙道："信呢？"

　　"草鞋底"喘着粗气道："口……口信……二叔说，接上峰电报，说张步云投靠了吴化文，叫你们小心提防！"

　　"又是马后屁！"李继光朝北一指，"都到了村北啦。"

　　"草鞋底"翻翻白眼："俺知道，还有鬼子兵呢，你们不知道吧？！"

　　"还有鬼子兵！"在场诸人无不大吃一惊。

　　"草鞋底"道："俺过了埠南头，一路不见人影，快到店子河，听到喊喊喳喳说话声，一抬头看见桃树林中黑鸦鸦一片人，仔细听，似乎还有鬼子兵在哇哩哇啦。俺知道大事不妙，拐个大弯，从西门旁边那个阳沟爬了进来。"

　　李继光内心一惊，不动声色道："西利见村子不大，名头却不小，竟然惊动了日本鬼子。有没有吓尿下的？现在走还不晚！"

　　一名眉毛雪白的老甲长清清喉咙，旁若无人道："自古没有攻不破的城池，何况一个小小聚落。今土匪请来日军助阵，我部仓促应战，与其玉石俱焚，莫如金蝉脱壳。"

　　"那西利见父老养着我们这些兵干啥？聋汉的耳朵，为了招风？！"李继光似乎觉得言重了，放缓语气道，"村中有祖祖辈辈居住的老屋，祠堂中有祖宗牌位，街上有先人栽种的古树，还有不少老人没走。难道这一切都留给倭寇和土匪？！走是很容易，就怕没脸再回来！"

　　众人被他一番陈情感染，个个奋臂高呼："小鬼子又没长三头六臂，怕他个屌，咱手中也不是根烧火棍！"

"谁害怕，回家养孩子去！"

"怂包一个，恐怕没有女人愿意跟他一块养。"

"谁不出急，囵他八辈！"

白眉老甲长满面溅朱："我黄土埋到脖子了，还能活几天？！我是为了你们好！"

白眉老甲长自恃识文断字，说话、行事向来牛屄，从不顾及旁人感受，村人对他当面恭敬，背后咬牙切齿。今日见他走了麦城，正好落井下石。李继光知道白眉老甲长人还正派，所献计策尽管不合时宜，却也是一番好意，正打算替他开脱几句，就听外面有人惊呼："快看快看，北边起火啦！"

欲知后事如何，且看下回分解。

①睁眼瞎：不识字的人，文盲。

②芝畔烧肉：今安丘市景芝镇芝畔村所产烧肉。风味独特，远近驰名。

③草鞋底：蜈蚣俗称。

第十一回
都干臣挥兵救援
李继光借计逃生

李继光率众人跑上圩墙一看，就见村北开阔地上那几个刚倒腾来的草垛蹿起暗红色火苗子，好像巨蟒舌头舔舐着灰白天空，黑烟打着旋扑向圩墙，将圩墙、门楼吞没。"筐子头"刚要说话，一股浓烟钻进他喉咙，呛得他伸出舌头猛烈咳嗽。旁边的李兰洲道："吸进鸡毛啦？"

"筐子头"喘口气道："我嗓子怪痒痒，会不会是敌人放了毒气？"

李兰洲道："连长说过，毒气黄绿色，你瞧瞧这烟雾，跟锅底灰差不多。"

隐隐听到烟雾中一声闷响，随即头顶上一个物件尖啸着落下来，稍稍偏了几米，落在圩墙内侧，轰隆炸开，北门楼似乎跳了一下。过了片刻，又有几颗炮弹落在村内，腾起的蘑菇云像是身披黑袍的妖怪，张牙舞爪在村子上空游荡。过了一阵子，圩墙北边的烟雾变淡了，隐约可见一群身穿草绿色军装的士兵过了店子河，一簇簇、一伙伙分散开，走几步开一枪，子弹像密集的飞蝗，有的啾啾响着从守军头顶飞过，有的射在圩墙上，发出噗噗的声音。

"筐子头"脸色煞白，戳一下李兰洲："打不打？俺心脏都快从嘴里跳出来啦！"

李兰洲道："闭嘴，等候命令！"

"筐子头"道："俺下去撒泡尿。"

李兰洲道："尿在裤裆中就行，临阵脱逃，你不要命啦！"

俩人正在说话，旁边有个士兵因为过于紧张，手指一抖，搂动了扳机。一排长抬头骂道："谁他妈乱开枪！咱子弹不多，靠近了再打！"

杂乱的枪声淹没了他的声音，又有人开了一枪。一排长恼了，半蹲起身子，想找出那俩擅自开枪的家伙。不料有更多的人以为排长下达了开火命令，各种枪支就像熟透了的槐荚一样噼噼啪啪响起来。一排长见没辙了，干脆怒冲冲大喊一声："都他妈的开火、开火！"

他身旁脸色黝黑的机枪射手早就瞄准了一个耀武扬威的小头目，听到命令猛地一搂扳机，一梭子子弹争先恐后飞出去。小头目两只手在空中一扬，像遇到强风的秫秸个子一样慢慢歪倒，在地上打了个滚，直挺挺不动了。黑脸射手轻轻吐出一口气："叫你装屄。"他活动一下肩膀，又瞄准了小头目身旁一个手持花机关①正在发愣的壮汉，一个二三发短点射，子弹像钉子一样将壮汉钉在绿茵茵草地上。连续两名久经沙场的老兵油子中弹身亡，其余士兵慌了神，乱哄哄退下去。

轻易击退了敌人一次进攻，李继光心情亢奋，就像娶了新媳妇准备入洞房一样，攥起拳头对一排长道："就这样打。我去东门楼看看，朱家庄援军该来啦。"

李继光带着俩护兵刚到东北角楼，就听北门楼上轰隆一声，李继光急忙回头，半个门楼不见了，腾起的烟雾像一面揉乱了的黄蓝色旗子。他来不及多想，撒腿跑回去，对惊魂甫定的一排长道："损失大不大？"

一排长抹抹额上冷汗："人员没损失，就是刚送上来的煮鸡蛋一个没剩。"

"那就好。"李继光松了口气。

"鬼子的迫击炮真厉害，那年官庄集，两炮炸死了二十四个。"一排长似乎心有余悸。

这时候，从东边快步过来几个人，为首者正是都干臣，相距老远就大声道："继光，我来晚了吧？"

看到救星降临，李继光上前道："不晚，不晚，正火色②！"

都干臣被风吹得皱起眉头："东门楼的灯笼刚挂上，我就知道了。因为村后有不速客出没，没敢轻举妄动。"

"凭郭竹庭那副牙口，不敢同时啃两块骨头。"李继光猛然想起了一件重要事，凑近道："'草鞋底'回来啦，说郭竹庭有日军助阵。"

都干臣一怔："来了就是客，大盘子大碗好好伺候吧！"

李继光道："没啥硬菜③，有门迫击炮就好啦，一炮轰他七八个，看他还敢这么张狂！"

都干臣道："迫击炮？李县长那边都缺得要命！独立营那点家当你都清楚，除了留下一个排、一挺捷克式看门，其余的都带过来了，你安排任务吧。"

李继光连连摆手："那可不敢当，您是长辈，又是营长，李县长早有吩咐。"

都干臣道："军情紧急，不要谦让了。我来的时候，发现东利见附近有敌军出没，估计很快就会进攻东门。这样吧，你部防守西、北两面，东、南方向交给独立营。哪方有险，随时增援。"

都干臣话音刚落，村北传来阵阵呐喊。一排长道："敌人又要发动进攻了，营座和连座躲避一下吧。"

李继光似乎没听见，从身后抽出"大腰鼓"，咔嚓一声张开机头："来吧，最好是鬼子打头阵，叫俺这把'大腰鼓'开开荤！"他粗硬的大手铁钳一般攥紧枪柄，手心一阵阵神经质的刺痒。

都干臣一伸手，护兵忙将一把老鸹翎色德国原装驳壳枪递过去，他咔啦咔啦装满子弹，对李继光道："这是柳堂兄的宝贝，一定让我用它打死几个鬼子，替官庄街死难乡亲报仇！"

敌人的散兵线越来越近了，凭肉眼就能看清，有的扛着机枪，有的端着步枪，有的抬着云梯（几个梯子绑成一块），走走停停，停停走走，脚上好似灌了铅。走到距离圩墙一百多米时候，停下不走了。李继光刚要抬头观察，几挺轻机枪吼叫起来，哒哒哒，哒哒哒，虽然子弹并不密集，但相当准确，几乎是擦着女墙飞过。"篦子头"身旁的"半部天书"听到头顶子弹飕飕响，认为被敌人盯上了，打算换个位置，就在头部露出女墙一瞬间，一梭机枪子弹掀开了他的天灵盖。他喊了声"我命"，两条腿胡乱蹬了几下，脑袋越垂越低，蓝紫色的颈部动脉里跳完了最后一次脉搏。"篦子头"伸手拍他一下："咱俩一块瞄准那个'戳天屌④'，管叫他插翅难逃。"

似乎手感有些异常，"篦子头"扭头一看，"半部天书"脑袋剩下了一半，鲜血混着脑浆正呼呼往外冒，就像打翻了一只装满熟透红樱桃的筐子。"篦子头"像挨了一烙铁，头发直挺挺竖起来，失声喊道："排长，排长，'半部天书'死啦！"

一排长骂了一声："咋呼啥？小胆子毛！"

村北战事正酣，村东又出现了敌军，沿着一条水沟鬼鬼祟祟向东门靠近。都干臣趴在女墙上，老鸹翎色驳壳枪瞄准了一个扛着掷弹筒的鬼子兵，狠狠搂动了扳机。可惜发力过猛，枪口稍微抬高了一寸，子弹擦着鬼子兵钢盔溜走了。两挺捷克式随即怒吼，形成交叉火网，压得日伪军贴着地皮不敢动弹。可惜守军子弹有限，刚打了几梭子，都干臣连声喊停，急得射手和副射手抓耳挠腮。都干臣道："咱这桌子菜要伺候好几拨子客，你这么大方，再来了客不得抓瞎！"

太阳升到一竿高，守军已打退了日伪军三次进攻。炊事班送上饭来，是新蒸的混合面卷子，因为时间仓促，没有发开，像些驴屎蛋子，还有小米粥和萝卜头子咸菜。大伙儿这霎才觉得肚子饿了，一个个咧开嘴巴子，狼吞虎咽。李继光、都干臣手中的卷子是护兵们挑选出来的，模样还算周正，李继光捏了捏，对都干臣道："论办饭，还是那些老娘们。"

"是哦。"都干臣使劲咽下一块卷子，腾出嘴来道，"柳堂家老嫂子六十开外了，平时一双粉手柔若无骨，揉起面来就成了老虎爪子，那面揉得一层层，像云片一般。"

天近傍晌，风势小了许多，天空乌云低垂，经过一上午烟熏火燎的战场一下子静下来，比秋收后的旷野还要静，令人不敢使劲呼吸，就像死神在空中游荡，随时准备攫走某个人的性命。炊事班迟迟没送上饭来，气得李继光不住嘟囔："又不是办酒席，费这些屌事。"

都干臣指一下村北桃林中升起的几道炊烟："不急，他们肚子也饿了，看样子是跟咱们摽上喽。"

"坚守到天黑，他们自然会撤兵。"李继光没有听出都干臣的话外之音。

"咱们子弹不多了。"都干臣道。

李继光一愣："原本就不多。要不是你来接济，三连早就光腚啦。"

"靠几杆土炮顶不了多久，"都干臣瞥一眼李继光，"还是派人去麻阿求援吧！"

李继光沉思片刻，朝不远处一名护兵道："叫'草鞋底'来。"

须臾，"草鞋底"急溜溜跑过来，立正道："连长叫俺？"

李继光道："你速回麻阿，叫李县长发兵来援，越快越好！"

"草鞋底"眼珠一转："要想快，给俺头牲口骑着。"

李继光道："骑我的马骡子，出西门，现在就走。"

"草鞋底"道："信写好啦？"

李继光道："来不及啦，反正这里的情况你都清楚。"

"草鞋底"又看一眼都干臣："都营长还有话么？"

都干臣道："告诉李县长敌人的位置，从背后戳一下，他们就撤了。"

"草鞋底"刚走，驻庵上据点的日伪军就气势汹汹赶到，在西门外昂头探脑，不住地挥动旗子，用"旗语"跟村北敌军联络。午后一点左右，饭菜送上来，是刚烙熟的葱花油饼，香喷喷，热乎乎，令人胃口大开。李继光和都干臣却没心思吃，举着"千里眼"盯着从店子河上游小河口方向延伸过来的一条荒僻村道，眼巴巴盼着救兵出现。看了半天，除了一只饿极了的野狗在路旁啃食青草，再没有任何生灵。这工夫北边的敌人吃完了饭，正在部署进攻，一部兵力去了东边，另有一部鬼鬼祟祟向西移动，打算跟庵上过来的日伪军会合。

"援兵再不至，就得考虑'出水⑤'了。"都干臣移开"千里眼"，轻轻揉着眼睛。

李继光依旧举着"千里眼"："再等等，说不定郭竹庭就撤啦。"

他话音刚落，就听东门方向轰隆一声巨响，整个圩墙都晃了一下。一群士兵顾头不顾腚地跑过来，喊道："坏啦，坏啦，东门炸塌啦！"

李继光丢下"千里眼"，随手拔出"大腰鼓"，冲上前道："敌军进来啦？"

"进来啦！进来啦！有绿的，有黄的，像群土蚂蚱。"士兵们惊慌不安，看着李继光、都干臣。

都干臣拔出老鸹翎色驳壳枪，对李继光道："你率弟兄们从南门'出水'，我断后！"

李继光摇摇头："你快走，我闭上眼睛也能出去！"又对几名护兵道："通知各排，边打边撤！"

守军被刚才那一声轰鸣弄得摸不清头脑，又接到"边打边撤"的命令，知道大事不妙，纷纷起来逃命。李兰洲、驼背、"筻子头"刚跑到南门里，从东边过来一队郭部士兵，连声吆喝："捉活的，捉活的，师座有赏！"三个人被激怒了，利用大青杨做掩护，轮番射击，郭部人数虽众，却不能前进一步。

李继光在大街小巷中来回跑，掩护部属和百姓撤退，几个来回下来，护兵一个也不见了，"大腰鼓"子弹也全部打光。他想起连部抽屉中还有柄小撸子，就返回去。可惜匆忙间没找到钥匙，只好把"大腰鼓"塞进炕洞，刚出大门，迎面撞上三个郭部士兵。为首一人四十来岁，面皮焦黄，呲着两颗一寸长的黑牙，活脱脱一个大烟鬼。第二个三十不到，从右嘴角到右耳根有道手指粗的明疤，好似趴着条大蜈蚣，一看就是个愣头青。最后一个是新兵蛋子，左眼中有朵萝卜花，嘴唇上面刚长出柔软髭毛。大烟鬼今日火线上升为班长，他像抽足了大烟一般，领着俩部下到处窜。看见李继光，愣头青手举一把明晃晃杀猪刀扑上来："举起手来，动一动，老子开了你的瓢！"

李继光装出一副吓破胆模样，哀告道："老总饶命！小人家中还有六百岁老娘！"

"吓尿了吧？"大烟鬼踱着方步走近，上下打量一眼，"吡，还是个上尉，你多大岁数啦？"

李继光傻乎乎道："这是俺连长的衣裳，他穿着俺的衣裳早跑啦。俺才二十一，管着给连长背枪，俺要是当了连长，媳妇早说上啦！"

大烟鬼朝愣头青使个眼色："是个傻子，带走，送到东北下炭井，卖俩钱花。"

李继光赶忙道："俺知道连长在哪里藏着金条，只要放了俺，俺找出来你仨平分。"

"夜来后晌⑥梦见背着口棺材，果真升官又发财！"大烟鬼扭扭腰肢，"我进去找找，你俩看紧他。"

眼见大烟鬼妙古妙古⑦进了院，李继光咂咂舌头："你俩真嘲，十根手指头粗的金条，叫他一个人独吞啦！"

愣头青脸色陡变，黄眼珠朝新兵蛋子一斜楞："别叫他跑啦，俺进去瞧瞧。"

李继光早瞥见不远处有块小孩拳头大小的牛角火石，就挨过去，佯作系鞋带，蹲下身子，将火石拨拉到腔底下，两只眼睛飞快扫视四周。新兵蛋子蹩着舌头道："系个筛（鞋）带费那些事，可待叫你捂蛆⑧杀了！"

李继光抬头笑笑："就数着你嘲！不信去门口瞅瞅，准在屋里分金条。"

"怎么好意思的来。"新兵蛋子嘴上这样说，两条腿还是向大门口挪去。就在这时，李继光嗖一声蹿过去，将手中牛角火石重重砸向他的后脑勺。新兵蛋子脖子一缩，转了半个圈，慢慢歪倒。李继光劈手夺过那支汉阳造，拉开枪栓一看，弹仓中还有几颗子弹，就一猫腰窜进院子，隔着窗棂一看，那俩家伙正用杀猪刀撬抽屉，嘴中不住地骂骂咧咧。李继光将枪口伸进窗棂，瞄准愣头青脑袋开了一枪。听到枪响，大烟鬼转过脸，惊得眼珠子几乎迸出来，嘴巴张得碗口大，两只脚却好似被钉住了。李继光做个鬼脸，拉一下枪栓，从容开了第二枪，黄澄澄的弹头挟裹着一缕青烟钻进大烟鬼口中，而后跑进屋，抽出大烟鬼后腰上的王八盒子，出了院门，贴着墙根向南门奔去。

欲知后事如何，且看下回分解。

①花机关：即花机关枪，德国 MP18 冲锋枪的俗称。

②正火色："色"此处发音【shei】，安丘方言，"正火色"意为恰到好处、正是时候。

③硬菜：比较解馋、实惠、抗饿、美味的菜，比如大块的肉类。有时也指给力的、价格昂贵、能体现出身份的菜。

④戳天屌：意为个头很高。

⑤出水：突围。

⑥夜来后响：潍坊方言，昨晚。

⑦妙古妙古：安丘方言，形容轻手轻脚行走的样子。

⑧捂蛆：安丘、诸城方言，拖沓，费工夫。

第十二回
厉文礼称病谢客
丁叔言忍辱负重

却说李继光跑到南门里，看到李兰洲、驼背、"篦子头"端着上了刺刀的长枪，背靠大青杨，正跟郭部士兵对峙。郭部士兵围了三层，都把三人当作煮熟的鸭子，一边劝降，一边商量如何分赏钱。李继光看得明白，举着王八盒子冲上去，一连打倒了几个。趁着敌人慌乱，几个人迅疾向南门跑。可惜断后的李兰洲被敌人刺中了大腿，踉踉跄跄又跑了几步，就瘫倒在地，当了俘虏。

日伪军占领西利见后，烧杀抢掠，无恶不作。共计杀害无辜百姓四人，抢劫财物无数，另有十四名士兵、百姓被掳走。待李桂登率援军到来，渠河岸边这个锦绣村庄业已变成一堆废墟。黄昏时候，逃难百姓陆续返回，侥幸逃脱魔掌的鸡狗鹅鸭纷纷从躲藏处出来，一声声叫个不停。

城顶山战役之后，安丘境内的抗日力量渐趋凋零，鲁苏战区南撤，挺进第二纵队成了日军附庸，只有最为弱小的安丘县府尚在游击抵抗。挺进第二纵队司令部占据夏坡，收拢部队，扩张势力，力图恢复原有防区。厉文礼在夏坡住了几天，因缺医少药，身体毫无起色，几乎难以行走，只好偕丁叔言返回潍县城。所见夹道柳色，归燕依依，令二人感慨万千。

位于南门里的"丁六宅"此时成了日本宪兵队"禁脔"，丁叔言没有了安身之所，便偕厉文礼住进"丁四宅"中碧云斋后面一进院落。此处西邻十笏园中砚香楼，环境清幽，生长着罕见的观音竹。若在庭中散步，抬头便能看见碧云斋中那棵高大笔直的青桐，宽大的叶片似荷叶层层叠叠。连日奔波，加上心绪不宁，厉文礼沉疴未去，更添新疾，眼前似有无数蚊虫飞舞。丁叔言不便出门，通过长子丁笃志延请几位潍上名医为厉文礼下针施药，凭借坚强意志，厉文礼竟然又能拄杖行走了，所患"飞蚊症"也好了许多。其间，对于上门拜访的亲朋故旧、军政要员，则是能推则推，实在推不出去了就见上一面。四月中下旬，阳光白亮，东南风渐次吹起来，厉、丁二人流连观音竹下，谈论诗书画印，倒也消停。偶尔能看到西北青空上的八卦风筝，有的像化外隐士，悠悠冉冉，有的如入定老僧，纹丝不动。

麦收过后，气温急剧升高，窗前石榴花次第绽放，不知从何处飞来一只蜜蜂，绕着花朵孤独地嗡嗡唱歌，给苦闷彷徨的厉文礼增添了些许快乐。他低头暗想，做只蜜蜂也不错，一生只想着采花粉酿蜜，没有工夫忧伤叹息。他甚至想为蜜蜂作首诗，想了半天，脑海中全是罗隐那首吟咏蜜蜂的七绝，再也想不出更好的词句。一日上午九点来钟，丁叔言来到厉文礼居室中，捎来嗣祖父丁莲峰①遗作《历代画像传》，摊在书桌上，两个人饶有兴致地品味点评。未几，青桐枝头隐约传来数声蝉鸣。丁叔言精神一振，侧耳细听，声音却又消失了。这时，门房来报，说莱潍道尹刘冬秀、潍县知事徐观晟前来拜访。厉文礼轻轻拍了下案几："照目下态势，我还是不见为好。就说我头疼病犯了，不管什么事，您相机处理就行。"

丁叔言迟疑一番，还是答应了。他走到外厅，在落地镜前亮个相，拽拽黑缎长衫，迈步出门，刚到前廊，就见刘冬秀、徐观晟绕过粉白影壁，沿砖铺甬道走来，彼此说笑，状甚密切，两个随从提着礼物跟在身后。刘冬秀是沈阳人，于一九四二年冬由德县知事升任莱潍道尹。徐观晟字晓楼，掖县人，曾任张宗昌机要秘书，一九四一年九月由安丘县知事改任潍县知事。这两位因莱潍道所辖警备队与潍县县公署治下警察所发生冲突而心存芥蒂，电话中沟通数次，均不欢而散，不过见面却避谈此事，彼此心照不宣。丁叔言见再无旁人，遂快步上前，拱手道："道尹、知事大驾光临，锡纶仓促出迎，尚望海涵！"

两个人回礼毕，刘冬秀道："上次造访恰逢寒食，庭中东风浩荡，转眼过去两月，丁先生精气神俱佳，不让这满庭翠竹啊。"他目光幽幽，又道："厉司令身体可好？"

丁叔言叹口气："其他还好，就是头疼病又犯了，服了药正在休息，只好由锡纶代他接待两位贵客。"

"严重吗？"刘冬秀眨巴眨巴眼睛，"要不请个日本军医前来诊治？"

"司令正服用中药，效果还好，不过，道尹美意我一定转告司令。"丁叔言意味深长道。

徐观聂不失时机道："若非丁先生悉心照料，厉司令不会恢复这么好。想必过了这个夏天，一切都会好起来。"

"徐知事所言极是！"丁叔言躬身道，"二位就去锡纶陋室喝杯清茶吧。"

三个人你推我让进了西首一间会客室，那两个随从站在门口探头探脑，徐观聂见状喝道："把礼物拿进来，去大门外等着。"

丁叔言赶忙道："大热天的，哪有这样的道理，让二位去隔壁喝茶吧。"

徐观聂伸手拦住："都是我本家子弟，不用客气，丁先生的上等好茶，这些粗嘴巴子能品出什么味道来。"

说话间，两个随从一个提着木盒一个提着纸盒进来，小心搁在门口西侧长条案几上，躬身退出。三人坐定，未几，一个身穿蓝布长衫的仆人端进个木制茶盘，将三个带盖的紫砂杯依次放在刘冬秀、徐观聂、丁叔言跟前茶几上。刘冬秀左手端起紫砂杯，右手拈起杯盖，嗅一下鼻子，侧头跟丁叔言道："香气浓郁，是龙井？"

丁叔言脸色略略一红，感慨道："这些茶叶是笃志拿来的。若在从前，我一定用上等龙井招待。从我主家起，每年刚过清明，就派人去杭州采购龙井，喝惯了明前茶，连雨前茶都觉得寡淡无味。那种佳品，我也好多年没尝到了。"

刘冬秀轻轻呷了一口，搁下紫砂杯，瞥一眼徐观聂道："我那里还有几筒龙井，改日派人给丁先生送来。"

"不可，不可！"丁叔言连连摆手，"买茶叶的钱我还是有的。"

"现今有钱买不到好货，沾沾道尹贵气有何不可？"徐观聂笑吟吟道。

刘冬秀仰头朗声一笑："知事又在开我玩笑了。"他略一思忖，扭头对丁叔言道："今日我和徐知事上门，除了探望厉司令，还有几件要事想同您商量。"

丁叔言哦了一声，上身微微侧向刘冬秀，做出一副洗耳恭听的姿态。刘冬秀清清嗓子道："上次丁先生说希望回'小黄楼'安居，我回去即请示了上村大佐，他也认为'小黄楼'是丁先生私产，理应完璧归赵，可是宪兵队一时半霎撤不出来，所以上村大佐要我跟您说说，家眷从上海归来后，先借住'丁四宅'中，待时机成熟，再迁回'小黄楼'。"

丁叔言坐正身子，声调平和道："当初想回'小黄楼'，一来那里是祖上产业，再者住了多年，有些念想，不料过了这些天，又习惯了这里的生活，简直有些乐不思蜀了。从前锡纶一门心思买地盖房，生怕有一日没有了立足之地，现在想想，盖那么多房子干吗？锡纶身长不满五尺，一间草庐、一抔黄土足矣。"

刘冬秀一副超脱、释然之态："这话讲得在理。万里长城今犹在，谁见当年秦始皇？丁先生能有这种境界，我就放心了。还有件事，是潍县县公署的业务，烦请徐知事跟您讲吧。"

徐观崶放下紫砂杯，声调和悦道："丁先生可能听到些风声。我潍邑前年秋旱，粮食歉收，去年情势持续恶化，至今春更加严重。县公署决定成立赈灾委员会，开锅施粥。自正月初十至芒种节，共用去高粱六十万斤，用款十五万元。因当初筹款不足，留下不小缺口。经与赈委会诸君商议，决定举办一次书画义卖，筹款弥补不足。丁先生自幼受莲峰公熏陶，及长，又与东斋②、轶东③诸先生交流切磋，是潍上山水名家，若无大作登场，义卖恐黯然失色，所以特来向丁先生求援。"

"此乃功德无量之善举！"丁叔言来了精神，不过还是矜持道，"我那些东西，既无技法，更少境界，一概见不得世面，只好闭门自赏。再说了，在外奔波数年，何曾摸过霜兔④？据我所知，知事书法倒是潍城一绝。"

徐观崶面露喜色，仰起身子道："观崶酷爱书法不假，惜天资驽钝，终究难成气候。不过为襄盛举，我也斗胆拿出了几幅书作。潍上大家云集，争高直指⑤，观崶真的是战战兢兢、诚惶诚恐！"

丁叔言神采飞扬，仿佛回到了多年之前，正与同志画社诸君谈书论画："知事太过谦虚，锡纶又不是没见过您的墨宝。且不说曹家巷中的'燕味斋'如何老辣遒劲，单是早年您在泰山玉皇顶东石崖上题写的'眼底乾坤小，胸中块垒多。峰头最高处，拔剑纵狂歌'，锡纶就自叹弗如！"

见两人互捧互抬，刘冬秀将紫砂杯稍稍用力往茶几上一顿："两位都别谦虚了！这件事我做主，每人五件大作，少一件我亲自上门讨要，勿谓言之不预哦。"

丁叔言和徐观崶都知道刚才冷落了刘冬秀，为弥补过失，争相道："道尹一言九鼎，我等谁敢不从？！"

刘冬秀觉得适才言语有些过重，呵呵一笑道："丁先生画室安设何处？我和徐知事可否一瞻云霞？"

丁叔言道："画室临时设在西耳房，陋室一间，二位若不嫌弃，就请进去一观。"

几个人刚要起身，就听中庭传来一阵脚步声，不似仆人那般轻盈。丁叔言略带歉意道："是犬子来了。"

俄顷，一个神情颇有几分颓废的青年人推开门，探进脑袋瞅了瞅："噫，来客人啦。"

来者不是别人，正是丁叔言次子笃志，年方二十二岁的他，早已出嗣到了大伯家。大伯丁锡彭十八岁那年去世，留下一份偌大家业和数百卷古书，不过笃志厌倦读书，行事荒唐，先娶郭希光，继配任秋莹，又痴迷养鸽子，丁叔言离潍期间，他竟然抽上了大烟。丁叔言气愤之余又责备自己没有尽责。所以眼见笃志礼数不周，赶紧作色道："这两位是刘道尹和徐知事，还不赶快施礼！"

笃志慌忙施礼，而后垂手恭立。丁叔言挥手道："你敞开西耳房，清扫一下，刘道尹和徐知事一会儿进去指教。"

笃志向刘冬秀、徐观晟点一下头，转身出去，随手带上门。对于丁笃志，刘冬秀、徐观晟尽管不熟，传闻却没少听，两人均为丁叔言有这样的儿子惋惜。三人各怀心事，客厅中一下子沉静下来。幸好仆人提着把罕见的铁皮暖壶进来续水，三个人又找到了共同谈资。拉了没几句，笃志进门道："清扫好了，可以进去啦。"

刘冬秀、徐观晟端着架子，随丁叔言进了西耳房。迎面西墙上留了个透光小窗，窗南挂着郑板桥的"难得糊涂"，窗北是倪瓒的《鱼庄秋霁图》、石涛的《山水清音图》；靠西墙摆着个画案，上面文房四宝齐全；靠东墙是个红木书架，放着几函线装古书；再往里有个紫檀博古架，摆着青花玉壶春、釉里红梅瓶之类瓷器；北窗下横着一架黑漆漆古琴；南窗下有个黄花梨小香案，上面的宣德炉里正燃着三炷檀香，只觉满室异香却不见烟雾。

刘冬秀目不转睛看了一圈，慨叹道："进了丁先生画室，就好比刘姥姥进了大观园，真有些头晕目眩了。"

"见笑，见笑，"丁叔言摆摆手，"都是些不值钱的东西，锡纶不过附庸风雅罢了。"

徐观晟正色道："别的暂且莫论，但就倪瓒的《鱼庄秋霁图》、石涛的《山水清音图》而言，确系难得一见的神品。"

丁叔言道："锡纶嗣祖父莲峰公雅好绘事，平生寡交游，唯与掖县画家王华堂先生一见如故，王先生每至潍上，辄居嗣祖父宅邸，谈诗画课不计日月。这两幅作品，虽落款云林子、大涤子，以锡纶眼力，当系王先生手笔。"

"果真如此，那位王华堂先生画技肯定不在云林子、大涤子之下！"刘冬秀说着，凑近《鱼庄秋霁图》，细细观摩起来。

"我们掖县还出了这等人物！"徐观晟也是颇感兴趣，对着《山水清音图》上下打量。

丁叔言叹口气道："只可惜这位王先生因债台高筑，竟然吞服鸦片自尽了。"

"身怀这等才艺，还怕挣不来钱？"刘冬秀一脸瞿然。

因为王华堂之死跟丁叔言嗣祖父丁善长有些瓜葛，他正掂量如何措辞，就听徐观晟道："人若籍籍无名，顶天才艺也值不了几个钱。"

刘冬秀歔欷不已："都说'高手在民间'，若真流落民间，就算不上高手了。不过这两幅画确实不同凡响。"

"若两位喜欢，待会叫笃志摘下来，你们各选其一。王先生作古久矣，没想到又遇上了知音。"

刘冬秀回头作嗟呀状："见财起意，哪有这样的道理？！"

徐观晟嘴上也道："祖传至宝，岂敢掠美？！"

丁叔言郑重道："道尹、知事今日上门，锡纶倍感荣幸，正愁无以为赠。"

刘冬秀、徐观晟不说要也不说不要，口中一个劲称赞莲峰公独具慧眼。待好话说尽，刘冬秀忽然道："丁先生，如何不见您的大作？"

丁叔言脸上蒙上一层灰云，垂下目光道："这些日子，我一不写生，二不创作，只是临摹。都是人家的东西，没糟蹋就幸运了，岂敢示人？！"

刘冬秀跟徐观晟对视一眼，颔首道："是啊，离乱初定，丁先生暂时还没心情。不过，义卖的五幅大作可别爽约，主要是想借这个机会让潍县缙绅百姓知道，丁先生又回来了！"

未等丁叔言作答，徐观晟凑近道："夫人和孩子们何时回来？打算借住何处？"

丁叔言脸色活泛了许多："夫人说一旦买到火车票，就给我发电报。至于住处，这一大片房子，哪里不能容身？"

又说了一阵子闲话，刘冬秀、徐观晟起身告辞，丁叔言携笃志送至胡家牌坊街大门口，目送两人乘坐小卧车呜呜西去。到了路口，两辆小卧车调转身子，一个北上去了县公署，一个南行拐进设在丁氏益群小学中的莱潍道尹公署。

欲知后事如何，且看下回分解。

①丁莲峰：即丁善长。他是丁叔言的嗣祖父，字心臣，号莲峰。

②东斋：即丁启喆（1873—1938）。字东斋，号雪庐。是清末民国年间潍县著名画家、诗人。一九三八年日军占领潍县后绝食自尽。

③轶东：即刘炯（1872—1939）。字轶东，号秋生。潍县人，工山水、花鸟，亦精书法，名噪乡里。

④霜兔：指毛笔。

⑤争高直指：语出吴均《与朱元思书》。形容高山众多，一座比一座高，一座比一座陡峭。此处指高手竞技，互不相让。

第十三回

慈母携孩归故里
老父抄诗悼亡女

再说笃志随父亲折进大门，从影壁前往西进入二门，走到垂花门楼前，丁叔言稍稍侧过头："遇事怎么还是不老练？不管客厅有人没人，就往里闯。"

笃志脸色像块红布："收到母亲发来电报，一时激动，所以忘了敲门。"

丁叔言停住脚："你母亲怎么说？"

"母亲说，火车将于明日上午十点左右到达潍县。"笃志说着，从口袋中掏出一张纸片，恭恭敬敬递过去。

丁叔言展开纸片，仔细读了两遍，叮嘱道："你和澄志准备两挂轿车①，明天一起去火车站。"

笃志答应着，匆匆离去。丁叔言脚步沉重，一个人在幽静夹道中踽踽独行。城顶山之役后他心灵遭受的折磨，超过了此前人生旅途上的总和。全凭借酒精和鸦片，才获得片刻放松。否则，一旦静下来，焦虑、惶恐如春草疯长，不可遏止地爬满他的心头。虽说生于富贵之家（家中仅土地就有两万多亩），但丁叔言的童年并不幸福，尚不满月慈母见背，两位兄长早早过世，所谓人生乐事，一概与他无缘。十四岁那年，嗣祖父去世，他在嗣祖母陈太夫人协助下主持家政，生活的磨砺，让一个追风少年转瞬变得老成持重。出乎人们意料之外的是，这位看似古板的青年竟然是位情种。某年中秋之夜，与新婚妻子臧窈卿促膝饮酒，互倾心意，不觉月色已过回廊，桂香随风飘至，他手捧《长生殿》，誓言与窈卿厮守一生。可惜天妒红颜，窈卿二十七岁年华上因难产病卒。弥留之际，嘱告丁叔言继娶诸城县相州镇王慧宜为妻，不可遁入空门。幸好慧宜贤良无双，略略抚平他心灵上的伤痕。一九三七年底，这位素以"修身养性齐家治国平天下"为人生抱负的书生庄园主激于民族大义，撇家舍业，追随厉文礼参加抗战，行前安排夫人带领三子述志、四子永志、五女志芙、六女志芸去上海投奔内弟王统照，以逃避日寇抓捕。在家人最困难的时候，他征战沙场，为国效力，应该问心无愧！不过，追随厉文礼附敌，则是钻进他心中的一只虫子，时时刻刻噬咬着他最痛楚、最敏感的地方。如果家人知道这次团聚拜他附敌所赐，那么他这位大丈夫、好父亲的形象是否会轰然倒塌？一想到这些，向来多谋善断的他就茫然无措。

回到会客室，丁叔言提着长条案几上那两份礼物，放轻脚步走进厉文礼居室。厉文礼还在翻阅《历代画像传》，看见丁叔言进门，合上书，指着窗外道："他们走了？"

"司令没出面，这两位兴致不高，谈了些琐事就告退了，主要是准备举行书画义卖，弥补赈灾款项之不足。"丁叔言搁下礼物道。

厉文礼松了口气："书画义卖倒没啥，小心他们落井下石，借赈灾之名讹诈钱财，这些年兵连祸结，六宅早就成了个空壳子。"

"这两位都是读书人出身，还不至于那么无耻。"丁叔言提起暖壶给厉文礼眼前茶杯续了点水，坐下道，"潍县是锡纶落草②之地，百姓与锡纶虽无血缘，却有乡谊，即使不邀我参加，也不能坐视不管。嗣祖父莲峰公在世时候，一再告诫锡纶，邑中有事，须当仁不让。"

厉文礼感叹道："余生也晚，未能一睹莲峰公风采，诚为人生憾事。"

"莲峰公去世那年，锡纶只有十四岁，一转眼，四十二年了！"丁叔言努力将思绪拉回来，"慧宜来电报了，现在已经坐上火车，明天上午十点到达潍县。"

厉文礼黯淡的瞳仁中放射出清亮的光彩："言公，这是大好事啊！你俩该五年多没见面了吧？"

丁叔言点一下头："是啊！国难当头，生灵涂炭，有几家能够团圆？！"

厉文礼又道："那几个孩子呢？留在上海上学？"

"电报上说一起回来。"丁叔言似乎不放心，又掏出电报看了看。

厉文礼略一思忖，欠欠身子道："言公，你看这样行不行，我搬到前院，你们一大家子住这里。主要呢，是我喜欢前院的'碧色云空'。"

丁叔言沉吟道："前院景色固佳，就是过于冷清，阴气稍重，还是别搬了。"

"冷清些好，有利于思考，更有利于养病。言公，就这么定了吧。"厉文礼目光幽幽看着丁叔言。

翌日天空漫阴，早饭后北风越吹越紧，碧云斋中那棵高耸云天的青桐似乎心事重重，满树密匝匝绿叶起伏不定。丁叔言正和厉文礼在树下盘桓，丁笃志放轻脚步进门，向厉文礼问安后，对丁叔言说轿车已等在大门外。厉文礼朝丁叔言微微一笑："快去吧，别让夫人和孩子们等你。"

丁叔言拱手道别，来到胡家牌坊街，偕长子澄志、次子笃志乘上两挂装扮一新的轿车。拉车的两匹老马额头上系着红缨，脖子下挂着铜铃。车夫一甩长鞭，在空中抽了个鞭花，喊了声"嘚儿，驾！"马儿头颅一仰，叮叮当当沿方石铺就的胡家牌坊街西去。走到县府大街南拐，出南门左转上了大马路。又走了一程，就见擂鼓山东侧，伫立着几幢黄墙红瓦建筑，上空烟霭漫卷，那就是潍县火车站了，跟正北三里那座锦绣城池相比，显得苍苍隐隐。

马拉轿车轻快地跑了一程，在火车站北侧广场中间徐徐停下。丁叔言偕两个儿子沿一条青砖铺就的甬路进了候车室。笃志看一眼墙上悬挂的钟表，知道时间尚早，就让父兄坐在硬木连排椅上休息，他一个人去了检票口。过了一刻钟，有个穿制服的中年人走过来，懒洋洋喊道："检票啦。"

笃志上前交涉几句，随即招呼父兄随他走过检票口，来到宽阔月台上。因为时局动荡，火车站不像从前那般繁忙，只有三五十个拎着皮包、挎着包袱的男女焦急地伸长脖子向西张望。须臾，西边地平线上冒出几个慢慢移动的"蜣螂"，转眼变成一条巨型"蜈蚣"，鸣着汽笛奔过来。进了站台，火车明显减速，随着一阵哗啦啦响动，稳稳停下来。车厢门随即打开，下车的乘客从容不迫，上车者则神色紧张。火车头也没闲着，哧哧喷着水汽。俄顷，汽笛一声长鸣，火车哗啦啦响了一阵，憋足力气慢慢加速，车头顶部的烟囱喷出大团大团烟波，瞬间染黑了半个天空，一群麻雀似乎很享受这种刺激，鸣叫着在黑烟中穿行。

丁叔言站在出站口，紧张地注视着每一个出站的乘客，直到人流将尽，才看到澄志、笃志扶着一位五十来岁、面容清秀、气质沉静的女子从西边走过来，后面跟着几个个头不一的年青男女。丁叔言一眼就认出这位女子是夫人王慧宜，他快步上前，抓紧夫人两只胳膊，盯着看了片刻，喃喃道："慧宜，你瘦了！"

王夫人抬起手，轻轻擦一下眼角："你头发怎么都白啦？！"

丁叔言搔搔白发稀疏的头顶："五十六岁，该白了。"他故作轻松，王夫人听起来却格外沉重，不过她黑白分明的眸子依旧平和晴朗，朝身后那几个男女招招手："述志、志芙、志芸、永志快过来，不认识你们的父亲啦？！"

离开潍县那年，述志十四岁，永志六岁，志芙、志芸也就八九岁，留在他们记忆中的父亲精力充沛、谈笑风生，全然不是眼前这个神色苍凉、目光黯然、满头霜雪的老翁！他们知道，这就是他们日夜想念的父亲，却又不敢相认！听到母亲召唤，四个孩子才像分别许久的小雁又见到了步履蹒跚、羽毛脱落的老雁，围上去，张开黄口，怯生生叫着爸爸。丁叔言挨个摸摸儿女们的头："都长高了，咱们回家。"

拉车的两匹老马认出了王夫人和孩子们，甩头摆尾，轻轻嘶鸣，像在打招呼。回到"丁四宅"，澄志夫人郭氏、笃志夫人任秋莹，还有笃志的女儿若楠、若栖，正里里外外忙活。王夫人抱住若楠、若栖看了又看，她离开潍县时，若楠刚满两岁，若栖尚在襁褓中。笃志的新夫人任秋莹第一次见到婆婆，显得局促不安。王夫人拉她坐在身边，态度和蔼，问长道短。突然，雕花木门被人撞开，风火火闯进俩年青女子，扑到王夫人怀中呜呜大哭。这两位是丁叔言和王夫人已出嫁的女儿志芬、志馨，刚从婆家回来。郭氏、任秋莹忙上前劝解，志芬不哭了，志馨仰脸看着母亲，抽抽噎噎道："还以为见不到你们了！"

"傻闺女，还指望着常来常往呢！"王夫人抽出手，在她后背轻轻拍了一下，"志芳咋没来？她可是个病身子啊！"

这一问不打紧，一旁的志芬又啜泣起来。澄志、笃志并两个媳妇都不说话。坐在八仙桌对面的丁叔言好似什么也没听见，呆呆地看着窗外摇曳不定的观音竹。

"志芳咋的啦？！"王夫人推开志芬、志馨，腾一下站起身。

丁叔言似大梦初醒，转过脸来，竭力平静道："志芳享福去了。"

"这个狠心闺女，抛下咱不管啦！"王夫人如遭雷击，一个人走进东套间，关上门，低声哭了起来。述志、志芙、志芸、永志知道志芳姐不在人世了，脸色都变得异常难看，泪珠簌簌滚落下来。

当年，丁叔言之妻窈卿去世时，志芳年龄尚小，主要由曾祖母陈太夫人照料，王夫人也倾注了不少心血。王夫人后来虽然生了五男四女（一男端志幼殇），但对志芳视如己出。志芳性格乖巧，可惜多愁多病，陈太夫人去世后，王夫人对她更是疼爱有加。志芳嫁到潍县郭家后，王夫人做了好吃的，还是会让澄志或者笃志给志芳送去。

听到东套间中哭声凄惨，又看到其他人暗自啜泣，丁叔言坐不住了，过去敲敲门，劝慰道："慧宜，你这样的话，志芳在那边更不安生了。一家人团圆了，她知道了会高兴的。"

听了丁叔言这番话，王夫人擦着眼泪出来，哽咽道："志芳的坟在哪里？明日娘去看看她。"

澄志道："娘刚回来，先歇息几日，待我去二姐夫家说一声，再定日子吧。"

丁叔言道："难得一家人聚得这么齐，下午去照张全家福吧"

王夫人还沉浸在悲痛中，语无伦次道："早该照啦，志芳在的时候就该照啦！"

笃志赶忙插话："再不照，若楠、若栖都成大姑娘啦。"他顿了一顿，瞅着父亲道："论技术，数丽芳③最高，我先去跟刘钟美打个招呼？"

丁叔言微微颔首："给刘老板捎盒从上海带来的糕点。"

笃志去后，丁叔言向王夫人递个眼色，两人一起进了东套间。丁叔言小声道："郁周在前院养病，我俩上门探望一下，孩子们就别去闹腾了。"

王夫人道："从前你俩就不拆群，现在还是这样。"

丁叔言右手提着一个包装精美的纸盒，偕王夫人进了碧云斋。转过影壁，见厉文礼站在廊厦下连连拱手："我听见后院里像过大年，就知道是夫人和孩子们回来了！"

丁氏伉俪连忙还礼，丁叔言道："慧宜捎回来几盒冠生园糖果、点心，您尝尝口味如何。"

厉文礼上前接过纸盒，乐滋滋道："夫人一回来，言公和文礼就不用为衣食犯愁了！"

待丁氏伉俪从碧云斋出来，正巧碰上笃志哼着小调在夹道中摇头晃脑走着。看到父母亲，他兴冲冲道："不用去照相馆了，下午四点半，刘钟美准时来到，那个时候自然光最柔和。"

丁叔言道："按惯例上门照相要加钱的，人家不提，你不要忘了。"

午后四点刚过，笃志陪着一身西装革履的刘钟美来了，身后跟着两个提相机、扛三脚架的伙计。刘钟美去客厅见过丁叔言、王夫人，来到庭中，从口袋中掏出测光表，神神秘秘拿着，就像《西游记》中妖精的法宝，不时来一个定格。测完光，他让丁家老少十四口人来到客厅前，除丁叔言、王夫人坐在椅子上，其他人都站立。此时阳光西斜，柔和明亮，观音竹像是睡着了，没有一丝声响。趁着刘钟美趴在遮光布底下调节光圈，丁叔言回头看看，嘟哝了一句："志芳咋没来？"他声音很低很轻，除了王夫人，其他人都没听清。照完相，丁叔言一个人躲进西耳房，铺开宣纸，抄录了驻节诸城长城岭时写下的长诗《哭志芳女》：

忆儿出生时，时我方年少。不识儿女亲，山水恣吟啸。
汝母性仁慈，爱儿入心窍。家事萦千愁，见儿发微笑。
嗟尔初学步，汝母弃儿去。伤哉母女恩，从此等飞絮。
离鸾不复归，舐犊情始苦。寒暖与饥饱，使我煎百虑。
幸沐祖母恩，教养仁且恕。二载哭伶仃，空叹光阴遽。
五三事变后，祖母弃浊世。国事多蜩螗，家事复乖庆。
遗嫁在此年，须作妆奁计。一身兼作母，百事劳巨细。
喜彼鸳与鸯，得将红绳系。宜家自古称，孝敬慎无替。
送尔出重门，归途掩衣袂。往事绕心弦，凄怆似拨摅。
晋军攻潍城，天地突变色。炮火夹风雷，生死不可测。
汝姑多病躯，奄忽在倾刻。冒险踯躅来，仓皇视弱息。
汝生本坎坷，遭遇岂奇特。勤俭务自修，持家须谨饬。
辛勤六七载，家事劳掌记。形容日益衰，气血日益匮。
荏苒春复秋，良医苦延致。希彼药石灵，能有回春意。
国难日益深，惨祸自天坠。强邻起干戈，鲸吞何恣肆。
无国何有家，兴亡匹夫志。投笔事兵戎，死生非所避。
策马立冰雪，慨然揽征辔。恐伤吾儿心，未忍离别泪。
自冬复经春，倏忽裘葛易。转战千余里，荒村息征骑。
山花烂漫开，山月何幽媚。岂无怀女情，相思隔两地。
儿在沦陷区，有书何由寄。客自北方来，见我神色异。
欲言复嗫嚅，疑是不祥事。念儿衰弱质，使我忽心悸。

追问再复三，云儿已萎瘁。痛我早失恃，无人知肺腑。

汝亦无母儿，一生辛与苦。苍松犹傲霜，娇花失媚妩。

不意少年人，先我入黄土。神伤日暮云，魂断垂杨浦。

悲儿复自伤，泪落为秋雨。莫羁儿女情，辕门鸣金鼓。

这首诗长达五百字，丁叔言一边抄写，一边落泪，竟把宣纸打湿了一片。

次日上午九点来钟，丁叔言吃罢早饭，正欲去碧云斋陪厉文礼说话，门房进来，说胡镜心先生来访。丁叔言以为自己听错了，抬头道："哪位胡镜心先生？"

门房恭敬道："就是曾经当商会会长的那位。"

丁叔言微微一惊，连忙道："快请！快请！"

门房匆匆出去，丁叔言心情激动又有几分不安，快步来到中庭，就见一位身穿长衫、头戴礼帽、体态微胖的老者拐过影壁，一旁的门房右手拎一个精美纸包，上面盖着一张印有图案、文字的红纸。丁叔言上前攥紧老者双手："果真是胡先生，锡纶还以为在做梦！"

胡镜心唏嘘道："安丘一别，原以为很快就能重逢，没想到转瞬就是五年！"

"佛曰：如露亦如电，如梦幻泡影，当作如是观。"丁叔言一脸沧桑道，"不过城中风景却是依旧。"

胡镜心会心一笑："是啊，十笏园的荷花又该盛开了。"

两人絮絮说着话，相携进了会客室。门房随后跟进，接过胡镜心的礼帽，搁在门口西侧长条案几中间的五彩帽筒上，又将纸盒稍稍提高，对丁叔言道："这是胡先生的礼物。"

"是'致新④'的芝麻片吧？"丁叔言舔了一下嘴唇。

门房将纸盒递过去，丁叔言捧在手中，左看右瞧，欣然道："还是老味道，老字号名不虚传。"

胡镜心淡淡道："谭老板说，这批货糖熬得有点老，搁以前的话，就不对外卖了。"

门房躬身退出，随手掩上门。俩人隔着原色楸木茶几坐定，丁叔言微微侧头道："这些年，胡先生吃了不少苦头吧？厉公后悔让你一个人走了，说完全可以替您找个安身之所。"

胡镜心似乎陷入了沉思，过了一会才道："离开队伍后，我满心寻座荒寺寄身，可惜都是些巴掌大的小庙，时逢战乱，香火寂寥，庙主担心我分享供奉，均托辞不纳，我一路流落至昌乐夏辛庄，在一个熟人家里住下来，去年偷偷返回家中。"

这时，一名仆人推门进来，托盘中放着两杯热茶。待仆人出去，胡镜心端起茶杯，轻轻呷了一口，低声道："正月过后，听说丁先生和厉司令回来了，我不明就里，未敢冒昧登门。"

丁叔言心头一沉，竭力作出轻松之态："锡纶是该早去拜访胡先生，之所以隐遁不出，一则无颜再见街坊故旧，二来嘛，担心吃了您的闭门羹。"

胡镜心转过身子，凝望着丁叔言："尽人事，还得听天命。据我所知，为追随厉司令抗战，您家财几乎散尽，就差没有人亡了。"

"怎么没有？！"丁叔言惨然道，"志芳就先我而去了！"

"志芳年纪轻轻咋就走了？！"胡镜心手一抖，茶水从杯中溅了出来。

"人命浅危，朝不虑夕，何况兵荒马乱的岁月！"丁叔言竭力控制住自己的情绪，"民国二十七年春，你我撇家舍业，南去诸城、安丘，是为了国家民族谋生存，可恨人生无常，再次相聚，胡先生襟怀清白，我丁锡纶却成了无节无操、贪生怕死之辈！"说到这里，他热泪潸然而下，喉头哽哽咽咽。

胡镜心遽然一惊："丁先生何故出此言语？不管别人如何说，我是相信丁先生的！"

丁叔言似乎没有听见，低下头，两只手掌捂住眼睛。如果独处荒郊野外，他真想痛痛快快大哭一场，可眼下处境却不允许。因为他是潍县首富，他是丁氏族长，他是厉文礼的密友，他是朋友们的靠山，他是王慧宜的丈夫，他是一大群孩子的父亲和爷爷……他只能强打精神，勉力硬撑。就像一棵外表高大坚强内心枯朽出现空洞的古槐，说不定什么时候，一阵小风就会让它轰然倒地。

胡镜心是个聪明人，他伸手拍拍丁叔言胳膊："关公投靠曹操，无损忠义之名。人活在世上原本就不易，不要太为难自己了，时来天地皆同力，运去英雄不自由啊！"

丁叔言攥紧胡镜心伸过来的右手："从前丁宅高朋满座，而今门可罗雀，唯独胡先生不避嫌疑，从容登门，这就是古人所说的患难见真情吧？"

胡镜心百感交集："你我不惟有袍泽之谊，更兼兄弟之情。丁先生的人品学问，一直是我学习楷模。"

"那是贤兄过誉之词。其实，你我能在事业上有所斩获，成为潍县仅有的两名'国大'代表，多亏厉公提携。"丁叔言端起茶杯呷了一口，若有所思道，"胡先生是否见见厉公，他就住在碧云斋，身体不好，心情更糟。"

未及胡镜心答话，门房来报，称徐观聂上门拜访。胡镜心趁机起身道："有贵客登门，我先告辞，改日再叙。"

欲知后事如何，且看下回分解。

①轿车：一种专供载客的马车。车身如轿，木轮拖杆，车身镂刻透雕，挂着锦幔流苏。是财富和身份的象征。

②落草：此处指出生。

③丽芳：临淄人刘钟美所开设，位于县城东门里路南，是潍县第一家照相馆。

④致新：全称致新商店。由谭筱斋、刘正斋等人合伙开办。坐落在潍县县城东门里大街路北，前店后厂，生产、销售糕点、糖果、干果、名酒等。

第十四回

泰丰楼徐观晸设宴
碧云斋丁叔言交心

丁叔言伸手拦住："贤兄勿忙，见一面也好。徐知事乃当今高人，做事手腕圆滑，天衣无缝，绝不会让朋友为难。另外，也帮我长个心眼。"

胡镜心一脸无奈："丁先生这样说，那就恭敬不如从命了。"

两人步出院子南门，就见门房引领徐观晸从东边夹道徐徐过来。丁叔言紧走几步，拱手道："知事光临鄙舍，锡纶有失远迎，恕罪！恕罪！"

徐观晸一脸灿然，从容还礼，又指着胡镜心道："这位先生是……？"

未及丁叔言开口，胡镜心上前施礼："草民胡镜心拜见徐知事。"

丁叔言哈哈一笑："胡先生可不是草民，事变前担任潍县商会会长，是本埠经营奇才。"

"久仰！久仰！"徐观晸拱手还礼，"难怪听到这个名字觉得怪熟！"

丁叔言道："知事知道胡先生？"

徐观晸脸上现出沉思状："有人推荐胡先生担任潍县商会会长，我委托胡先生本家胡庆霖前去探询，胡庆霖回复说胡先生闭门读书，不肯出山。是不是啊，胡先生？"

胡镜心脸色有些不自然，赶忙解释道："胡某一则读书太少，二来岁数大了，老腔不随时调，深怕辜负知事重托，所以……"

"那是公事，我们该做朋友还得做朋友。"徐观晸神情豁达，从容不迫。

三个人走进会客室，丁叔言依旧坐在主陪座位，徐观晸坐上刚才胡镜心所坐的主宾座位，胡镜心则去了丁叔言左侧副宾座位。仆人重新上茶，徐观晸望着丁叔言，朱唇轻启："夫人回来了？"

丁叔言心头一震："昨天上午刚到，尚未来得及禀报知事。"

徐观晟呵呵一笑："明日中午若无安排，去泰丰楼聚一聚，权作给夫人接风。不知夫人喜欢吃燕席、参席还是翅席①？"

丁叔言迟迟疑疑道："知事美意锡纶和夫人领了，不过夫人素喜沉静，不肯出入闹市，锡纶此时也不便抛头露面。"

徐观晟似乎将丁叔言五脏六腑觑个明白，一副气定神闲模样："丁先生放心，纯粹是一场私宴，县公署和道尹公署诸公观晟一个也没请，日本人更不消说了。"

沉吟片刻，丁叔言道："还是锡纶做东吧，知事于锡纶有再造之恩，阖家理应向您致谢。"

"丁先生这样讲，就是不给观晟脸面了！"见丁叔言尚在犹豫，徐观晟趁热打铁道，"除了丁先生家人，胡先生必须参加，这个不消再说。另外，厉司令若能捧场，那是最好不过了。"

一旁枯坐的胡镜心欠欠身子，似乎表示谢意。丁叔言瞥一眼胡镜心，侧过头对徐观晟道："司令所患高血压庶几控制住了，目下主要是心病。"

徐观晟右手拍一下椅子扶手："这个观晟自然明白。若二位方便，就陪我前去探望一下，心病还须心药医噢。"

"也好，"丁叔言看一眼墙上悬挂的西洋自鸣钟，"二位慢慢品茶，锡纶先去通报一下。"

过了一刻钟，丁叔言脚步轻松走进来，喜滋滋道："二位今天来得真巧，这些日子司令一直失眠，唯独昨夜睡了个囫囵觉。"

"这可是个好消息，难怪刚到大门口就听见青桐树上喜鹊叫。"徐观晟眨眨眼睛道。

丁叔言不慌不忙坐下："司令正在打坐，半个小时后我们再去。"

半个小时后，三人去了碧云斋。徐观晟、胡镜心手里拎着丁叔言准备的礼物，看起来有几分不自然。天近傍晌，丁叔言将徐观晟、胡镜心送至大门外胡家牌坊街上，交头接耳说了一阵话，目送二人离去。

夏至一过，白昼长了许多，仿佛太阳刚从西天坠落，洗净脸上灰尘，又自旸谷探出头来。次日黎明，丁叔言被呼呼风声惊醒，侧头见窗帘鼓荡，他起身拉开，熹明晨光伴着清凉的风从雕花窗棂间涌进。遂穿衣来到院中，站在沙沙作响的观音竹前，任凭风吹得衣袂飘飘。上午十点来钟，门房来报，说县公署的小卧车等在门外。丁叔言让澄志、笃志带领家人徒步先行，他和夫人随后去了碧云斋，卫兵闻声出来，向伉俪俩行一个军礼。丁叔言让夫人在客厅略等，他一个人轻轻走进内室。厉文礼正伏在桌前专注读一本线装《史记》，看见丁叔言，合上书本，指一指旁边一把椅子："言公快坐。您这部《史记》印刷精美，字体大小正适合我读。"

丁叔言坐下，伸颈一看："读到'世家'了。"

厉文礼矜持道："囫囵吞枣吧，找时间再慢慢向您请教。"

"我读得也不透。"丁叔言拿过那本《史记》随便翻阅一下，"县公署的车子到了。"

厉文礼晴朗的面孔一下子布满阴云，良久方道："当年撤离时候，民众箪食壶浆，挥泪相送，更有老者拦住文礼，要求将他带走，以免遭倭寇蹂躏。文礼泪水夺眶，信誓旦旦，他日定率师克复潍城，那场面何其壮烈！文礼闭上眼睛，那一幕就出现在眼前。文礼是回来了，身份却是个阶下囚，托庇日人翼下，忍气吞声，文礼有何面目再见潍城父老？！泰丰楼我是不能去了。"

丁叔言心头一阵酸热："司令主政潍县期间，励精图治，颇多惠政，百姓莫不感恩戴德，今日局面虽令人感慨，民众想必能够理解你的苦衷。"

"文礼处境微妙，暂时不宜出没大庭广众。"厉文礼说到这里戛然而止，一副讳莫如深的样子。

丁叔言若有所思道："徐观晟那边如何言说？"

厉文礼眼珠一转："这样吧，我写封短笺，请言公转交给他。"说罢，取出一张信笺，拈起毛笔，略一思忖，笔走龙蛇般写了几行字，而后递给丁叔言："言公看一看，这样如何？"

丁叔言默默读了一遍，抬眼道："我看很好。"

厉文礼似乎动了感情："一切都拜托言公了！"

见丁叔言一个人走出碧云斋，王夫人满脸疑惑："说好的事情咋又变卦啦？"

丁叔言附在夫人耳畔道："郁周一向自负，决不会甘当附庸，受人操纵。他蛰居'丁四宅'，就像抱瓮灌园的刘玄德，韬光养晦，隐迹藏形，伺机而动。"

王夫人心头一惊："他跟你说过？"

丁叔言声音愈加低沉："这些话当然不便跟我说，并非郁周对我不信任，而是担心株连于我。"

看见丁叔言偕夫人从大门口出来，小卧车司机连忙跳下车，拉开车门，侍候两人上车。小卧车尾部冒出一阵黑烟，发出了欢快鸣唱。向东到了路口南拐，过曹家巷来到东门大街，出东门沿坝崖大街南行，直奔泰丰楼。堂倌在门口迎接，引领伉俪二人上了二楼。

午后两点，宴席结束，丁叔言携家人告别徐观晟、胡镜心，从南坝崖回了"丁四宅"。中午吃的是参席，热菜有十大件，还上了正宗北京烤鸭。走到大门口，丁叔言挥挥手，王夫人知晓他的心意，领着孩子们回了家。丁叔言等了片刻，胡镜心匆匆赶过来，两人并肩走进碧云斋。

厉文礼没有休息，坐在桌前，两眼发直。尽管面前摊着《史记》，却一个字也读不进去。见到丁叔言、胡镜心，他脸上有了生气，笑吟吟道："中午喝得不少？二位脸都红了。"

中午当着一家老小，丁叔言十分矜持，架不住徐观晟劝酒有方，稍稍多喝了几杯。他酒酣耳热，情绪高涨，脸上露出难得一见的快意："厉公去的话，就更热闹了！胡先生还给您定了份鲍鱼汤，晚饭前送来。"

"多谢胡先生！"厉文礼朝胡镜心点点头，"泰丰楼做汤可是一绝。"

胡镜心有些措手不及，又不便出言更正，就打着哈哈道："这等活鲜鲍鱼本埠很是少见，从前都是用干鲍。"

丁叔言目光闪闪："坐在楼上从窗口观景，依稀还是旧日城池，不过人事全非，宾客多是当今新贵，当家大厨也换了。"

"世间万物无非过眼烟云，不出几年，这帮新贵也许又成了阶下之囚！"厉文礼隐隐一笑，"这内室有点闷，去外边说话吧。"

三人来到客厅，依次坐下，仆人沏好茶，去了门外。早晨那一通浩荡南风，吹得天空澄清，午后太阳炽热无比，人们都躲进屋内纳凉，偌大的"丁四宅"杳无人踪，显得幽静、空旷。突然，庭中青桐枝头传来吱吱声，声音焦脆、嘹亮，稍停片刻，又响起来。三个人彼此对视一眼，丁叔言道："蝉儿叫，夏天到。十笏园的蝉族叫起来别有韵味，不似乡下那般粗野。到了七八两月，蝉族云集枝头，竞展歌喉，好像在唱一台大戏，锡纶百听不厌啊。"

厉文礼清癯干瘦的脸上泛起一丝笑意："没想到小小蝉儿也有言公这样

的知音。"

丁叔言兴致勃勃道:"清末潍县有位学者叫郭榆寿,著有《榆园杂录》一书,专写潍县民俗风土。书中说潍县蝉族大致可分四种,第一种个头较大,特别能叫,俗称'截柳';第二种个头甚小,叫声清啭,俗称'独聊';第三种叫'稍迁',也是小蝉,活泼好动,稍落即迁;第四种叫'文莺',俗称'勿忧哇',叫声拖长,谐音如'文……文……文……莺',前头的'文',拉长而重浊,末尾的'莺',刚开个头,立马煞了尾。"

胡镜心抿着嘴道:"别说,还真是这么回事。不过本地向以'截柳'居多,其他都是稀有品种,一个夏天难得遇上一两只。"

厉文礼笑道:"以往盛夏,只觉蝉声扰耳,没想到蝉还是一种满怀激情的小生灵,难怪那么讨文人墨客喜爱。"

丁叔言来了兴致:"'截柳'是个男高音,叫声稍嫌亢奋直白,相比而言,我更喜欢'独聊',它形单影只,独来独往,似乎短暂一生都在用歌声表白心迹。'勿忧哇'也不错,它凄美的声音发自肺腑,分明是劝世人勿忧。"

厉文礼轻轻叹息一声,如树叶落地般轻微:"世人的忧伤愁苦,岂是'勿忧哇'所能劝解!人生苦短,上至帝王,下至乞丐,终究难逃一死,所以有人皈依佛门,有人追求不死之药,西人则是信奉耶稣基督,以驱除心灵深处的痛苦。"

听了厉文礼这番话语,丁叔言瞿然一惊:"死亡是永恒的终结还是另一种形式的开始?究竟有没有可以脱离肉体而长存的灵魂?还真的不一定!锡纶三十三岁那年,突感风寒,神志昏迷,彼时忽见继母陈夫人偕身躯微硕而面容清癯之夫人来到面前,同坐榻前慰问。我惊讶不已,这位夫人素不相识,为何来探望我?况且她慈祥温婉,使我觉得如婴儿遇到了天使,如能投身她的怀抱,将是一生最大的幸福!我急问这位夫人是谁?继母哭着说,她是你的亲生母亲。这时候我一下子醒来,问了几位长者,他们都说,我生母容貌就像我昏睡中所见一样。所以啊,亲人死后相会,绝非虚妄之词,世间宗教也并不都是蛊惑人心。"

胡镜心活动活动身子,感叹道:"丁先生这话说得在理,若是死去即陷入寂寂虚空,那活在世上岂不成了短暂一梦?所以就有了那么多寺庙教堂,它们是芸芸众生灵魂的庇护所。事变之前,每逢闲暇,我常去玉清宫②、石佛寺③聆听晨钟暮鼓，感觉心头特别温暖、宁静，似乎那里的鸟叫也跟别处不同。"

厉文礼长长舒出一口气："两位方才所言，于我'心有戚戚焉'。文礼本系书生，只因年少轻狂，贪恋功名，误撞杀戮场中。言公和胡先生可以随便找个寺院托身，从此不问世事，文礼却做不到。袁崇焕尝言：一生事业总成空，半世功名在梦中。人生最大的孽障，就是那所谓的'事业'和'功名'！文礼只想奉劝言公和胡先生，遇事不要太乐观，也无需太悲观，只要达观就行了。"

丁叔言、胡镜心听出了厉文礼的话外之音，欲相劝慰，却找不到恰当字句。客厅中一下子静下来，青桐枝头蝉鸣一阵强似一阵，没有停歇的意思。厉文礼一向有午睡习惯，硬撑了一会儿，忍不住哈欠连连。胡镜心趁机告辞离去，丁叔言也要回后院，厉文礼在后面拽一下他的衣角："言公慢走一步。"

目送胡镜心出了大门，厉文礼对丁叔言道："我的短笺，徐观聂看了？"

丁叔言一脸恍然："怎么把这件事给忘了！徐观聂手腕真是高明，他让锡纶捎话，说为朋友两肋插刀乃他一贯信条，既然前番达成协议系他一力促成，他就应该对司令和我部承担起责任。"

厉文礼品了品这句话的意味，面无表情道："我若失踪，他这个保人恐怕难逃干系。不过，大丈夫敢作敢当，愿赌服输，我不会让朋友坐蜡。言公找机会可以把这句话捎给他。"

丁叔言声音愈加低沉："徐观聂还说，日本人一直对您不放心，因为我部迟迟未接受改编，没有正当名分，恐怕过不了多久，事情将有分晓。"

厉文礼激动起来："言公当然清楚，你我其实就是人质，我不能为一己之私而置弟兄们命运于不顾。为给二纵队留下种子，给弟兄们争取一线生机，我只能毁弃个人前程！好在于反共这件事上，我们跟日本人还是一致的，想必总裁能够体谅。"

丁叔言嗫嗫嚅嚅道："别无良策，只好如此了。"话一出口，就觉得脑海一阵晕眩。

厉文礼拍拍额头又道："给刘天兴打个电话，让他去夏坡，尽快陪老申来一趟。"

是年七月初，于学忠麾下各部几经苦战，已是山穷水尽，不等李仙洲率部接防就仓促撤离。沂鲁山区和诸（城）日（照）莒（县）山区遂为八路军所据。

山东省政府因实力弱小，难以独撑，决定随鲁苏战区总部撤往安徽阜阳。建设厅长秦启荣面见省政府主席牟中珩，直言鲁南山区乃山东之"命门"，他日必成反攻山东全境之基地，今贸然弃之，恐使山东局面无法收拾，况省政府在此转战经年，牺牲将士无数，无论如何不可拱手相让。牟中珩以为计划已定，且得上峰批准，未便再事更易，乃委任秦启荣为鲁南办事处主任，临时坐镇鲁南，暂为督行鲁南军政。何思源由教育厅长转任民政厅长不久，工作刚有头绪，决定留下。财政厅陈厅长系秦启荣至交，也没有走。秦启荣临危受命，率部离开临朐，进入莒、沂、安交界地带，力谋收复旧地，再开新局。因为处境险恶，秦启荣一面整饬原有阵营，一面增调附近驻军，弄得声势浩大。不几日，磨山周围大小老子、南丘家庄都进驻了部队。

欲知后事如何，且看下回分解。

①燕席、参席、翅席：分别有燕窝、海参、鱼翅的豪华宴席。

②玉清宫：俗称北宫，位于潍县城北门外偏东二里许。金大定年间由丘处机弟子尹清和所建。初为道观，后扩为宫。明居士徐从谨大修，栽柏树三百余株。

③石佛寺：俗称南寺，位于潍县城南寺前街。初建于宋咸平二年（999年），明永乐九年（1411年）重修，明成化二年（1466年）增修。本寺大雄宝殿内供奉偌大石佛一尊，故有是名。

第十五回
李福泽夜袭大老子
秦启荣惊魂王家沟

　　大老子村驻军指挥部设在东北角一幢独门独院的青砖高房中，大门两侧士兵荷枪站岗，屋顶上还有瞭望哨，骑在苍龙一样的屋脊上，目光专门盯着周边胡同中过往女人的丰乳肥臀。除了大胆的鸟雀在墙头上探头探脑，外人一概不得靠近。附近百姓不时听到院中有人喊"秦司令"，却没有人能一睹"秦司令"真容。

　　到了七月中旬，树上的果子涂上了红色，开始发出香味，遍野秋庄稼挺直身子往上蹿。老天爷格外帮忙，隔三差五落一场雨，天空多数时候都阴沉莫测，偶尔出现的晴朗日子，大地被太阳烤得像个蒸笼。

　　一天，从磨山顶上下来一位道士，击打渔鼓，口唱道歌，消消停停进了大老子村。此人三十来岁，眼睛黑亮，睫毛粗长，左侧颧骨下有道浅蓝色疤痕，唱歌时嘴老往一边歪。他腿脚勤快，碰到在街头巷尾纳凉闲聊的人群就凑过去，占卜算卦，分文不取，常常无意间问起"秦司令"。众人都说东北角"高房上"住着位"秦司令"，有人听见过他训话，却不知他胖瘦丑俊。只有一位胡须又黄又硬像刺猬的老头指着日头发誓亲眼见过"秦司令"，说"秦司令"身披黄袍，腰挎宝剑，会飞檐走壁。一个后生说他困觉困过了头，大白天说梦话，气得老头抢起腚底下马扎砸过去。后生脚底下似乎安了弹簧，腾一下子跳开，脚尖顺势向老头胯下戳去。老头哎呀一声，蹲了下去。道士说了后生几句，赶忙扶起老头，喂了他几粒仙丹。老头劈拉着两条麻秆子腿，骚赤骚赤走了。旁边一个三十来岁鼻梁上有雀斑的风骚娘们拍着巴掌道："腚沟里踢一脚，真是够屄饯！"

107

七月十八日午后，道士又去大老子，在圩墙南门遇上一位五十来岁的老头兵。老头兵年轻时当过和尚，见了道士如同见了表亲，话语甚是投机。老头兵眉飞色舞，说自己是个上士班长，掌管着南门钥匙，又从皮带上摘下那把一拃长的铜钥匙让道士试试分量。道士接过来，托在掌心掂了掂，又还给老头兵。而后掏出三枚铜钱，说给老头兵卜一卦。老头兵点上一支烟卷吧嗒吧嗒吸着："算一卦也好，这几天光做恶梦。"

掷完铜钱，道士盯着卦符，半天没有做声。老头兵吐着烟波道："说就中，俺心里好有个数。"

道士轻轻弹着手指："这一卦可不大妙祥①啊！"

老头兵心脏悬到嗓子眼，却装出一副满不在乎的样子："说就中，俺眼都不待眨的。自古当兵半条命嘛。"

"你心中有数最好。"道士右手拇指、食指、中指捏在一起，朝老头兵晃了晃："七日之内，你将会红炮子穿心！"

老头兵如同抽掉了骨头，瘫坐在地，鼻尖上挂着颗亮晶晶的汗珠子，半晌才吐出一句话："俺还没娶老婆，完啦，成绝户头啦！"

道士没理会，又掐指算了一阵，低声道："我回去给你破解破解，有了结果，就来找你。不过很难办，你也别有太大想头。"道士说完，撂下热汗横流的老头兵，匆匆南去。

此后几天，老头兵一大早就去南门等候。道士却像失踪了一般，杳无音信。老头兵脸色越来越难看，几乎撑不住了，走路腿打软闪，只好拄着那杆"老套筒"一步一步来回挪。七月二十四日黄昏，道士终于现身，老头兵激动得浑身发抖，像失踪的孩子又见了娘。道士喜滋滋道："恭喜施主，厄难业已破解，多亏长春真人②梦中指点。"说罢，递过去一道避弹符咒："有了它，枪子可就长眼啦。"

老头兵小心藏好，恭恭敬敬道："师父今晚一定住下，俺请您个大客。"

道士两手叉腰，仰头观望天色："只怕又要给施主添麻烦。"

"说那些就见外啦！"老头兵神气活现，"师父吃荤不？这村里都养黑山羊，一点也不膻气。"

道士喉结一动，吞下一大口口水："我们全真派一概素食，吃顿大豆腐就不糙啦。"

　　搁下道士和老头兵不提。却说七月二十四日晚上，大老子村李明臻和父亲早早去了磨山北麓，看护种植的梢瓜。梢瓜尽管比不上甜瓜、面瓜可口，但是产量高，价格低，对于庄户人而言，还是一个不错的选择。为了遮风挡雨，爷俩在地头搭了个草棚，轮流进去打个母鲁儿③。子夜过后，月亮刚从东方露头，李明臻听到肚子吱吱叫个不停，知道吃梢瓜吃多了，悄悄去了下风处拉屎。刚褪下裤子，一泡薄屎喷涌而出。他半蹲着打算挪个地方，却见磨山顶上有人影晃动。他以为来了偷瓜贼，扯片甜瓜叶子擦了擦腚，提上裤子，手握活叉奔过去。走了十几步，就见山顶上不断有人头冒出来，排成三列悄无声息往下走。李明臻扔下活叉，两条腿像打摆子抖个不停。这时候，从队伍中走过来一个人，小声道："老乡是看秋的吧，不用怕，我们是八路军，从沂水那边过来的。"

　　李明臻鼓足勇气道："你吃瓜吗？俺去给你摘个。"

　　那人道："谢谢小兄弟，今晚就不吃了。你哪里也别去，就在瓜棚里呆着。"

　　李明臻跑回瓜棚，弄醒父亲："快起来，八路来啦。"

　　老爹正做梦吃猪头，被儿子吵醒了，火辣辣道："快睡吧，八路又不偷瓜。"

　　凌晨两点，磨山顶上突然升起一颗贼亮的绿火球，在浓黑天空中划了个火钩子，转瞬就消失了，紧跟着又是一颗。俄顷，磨山北边、东边枪声大作。李明臻爷俩钻出瓜棚，翘首北望。就见火光闪闪，枪声如爆豆一般，以大老子方向最为密集。李明臻老爹眨巴着眼睛道："都是那个秦司令惹的祸。打完这一仗，咱大老子就安宁啦。"

　　再说大老子村中，除了少数哨兵，多数人早早进入梦乡。枪声一响，狗先咬起来，鹅又叫起来，士兵们不知深浅，躲在住户中昂头探脑，不敢出门。跟老头兵睡在一个炕头上的那位道士一骨碌爬起来，结结巴巴道："又不是过……过年，谁家放……爆仗？"

　　老头兵见惯了这些大场面，睁开惺忪醉眼道："是打枪，不是放爆仗。"

　　"打枪？什么人打枪？"道士趴在窗棂上，瞪圆两只眼睛向外张望。

　　老头兵坐起来伸个懒腰："师父害怕的话，就趴在炕前吧，枪子不会拐弯。"

　　道士牙齿格格响个不停："我腿肚子转到前边啦！要是炮弹落在这屋顶上，咱们不就见了阎王？！不行，我得出去躲躲。"

　　老头兵滑下炕沿，两只脚摸索着找鞋子："准是老八路来啦，甭跑，躲在屋里等着，他们优待俘虏，出去可就难说啦。"

不等他说完，道士拽开门，一晃不见了。老头兵急了，跟着跑出来，哪里还有道士身影，唯有两只大白鹅站在天井中间挓挲开翅膀嘎嘎惊叫。

再说道士出了大门，左晃右闪，顺墙根跑到圩墙南门，看见几个士兵像没头苍蝇在门口打转，就大声喊道："这儿太危险，快上角楼！"

士兵们答应一声，呼啦啦跑向角楼。道士见门洞中再无人影，掏出从老头兵口袋中偷来的那把一拃长的铜钥匙，咔啦一声开了锁，又拉开门闩，移走顶门杠。两扇厚重的木门随即被人从外面推开，一队人马悄无声息涌进来，打头一个双手提着盒子炮的黑壮汉朝道士一龇牙："排长，你真行啊！给你盒子炮。"

道士接过盒子炮，果断道："废话少拉，跟我去捉秦启荣！"

一群人跟着道士直扑村子东北角那座青砖高房。这时候月牙有一竿多高，橘黄的月华斜照屋顶，模模糊糊可以看见上面有几个人影。道士喊道："就是那座高房，四面包围，不许放走一个！"

道士率领黑壮汉等人来到大门前。见门楼甚是高大，四脚落地，屋脊起龙。黑壮汉喊声"闪开"，跳将起来，踹向大门，就听咚的一声，黑门纹丝不动，他却被反弹回来，重重摔在青石阶上。道士伸手扶起黑壮汉："里面上了顶棍。"

黑壮汉龇牙咧嘴，捂着屁股没做声。一个身材精瘦的士兵将手中那杆"中正式"塞给道士，抓过他手中的盒子炮斜插在右侧胯骨上，身子一纵，像狸猫一样攀上墙头，稍一张望，轻飘飘落下去。须臾，两扇黑门咣当一声从里面拽开，黑壮汉一马当先冲进院子，踹开房门。一屋子男男女女尖声惊叫，纷纷磕头求饶，方桌上一盏油灯即将燃尽，黄豆大的火焰扑扑跳动，勉强可以看清每个人的眉眼。黑壮汉来回扫了一眼，一把揪住个身穿月白竹布衫、方面大眼的中年人，顺手将盒子炮顶在他喉结下方凹陷处，厉声道："你就是秦启荣？！"

"竹布衫"喘不上气，结结巴巴道："我不是……秦……启荣，秦启荣住在王……王家沟！"

黑壮汉愣了一愣："你这话当真？"

"竹布衫"赌咒道："若有半句假话，长官把我剜口割舌！"

道士过来，上下打量一番，对黑壮汉道："带他去见团长。"

　　黑壮汉押着"竹布衫"来到南门外，向负责警戒的哨兵道："团长呢？抓了个重要俘虏！"

　　没等哨兵回答，从不远处一棵大槐树后闪出两个人。这两人年龄一般大，外形强壮者是鲁中军区一团团长李福泽，稍显文弱者是鲁中军区二军分区政委王一平。秦启荣窜入莒沂安边区后，鲁中军区早对其关注已久，更担心他与厉文礼勾结，就地坐大，遂令军区头号主力"老一团"所辖一营、二营、三营由高桥、马站东进，跟踪秦部，捕捉战机。深知兹事体大，任务艰巨，鲁中军区王建安司令员特令王一平暂去一团，协助李福泽以竟全功。看官须知，这"老一团"跟安丘颇有些缘分，其兵员主要来自大名鼎鼎的山东纵队"一支队"，再往前追溯，就是咱们熟悉的"八支队"和"七支队"了。

　　问明情况，李福泽一脸不屑："原来姓秦的布了个迷魂阵！让这些文职人员和家属充当替死鬼，堂堂党国要员可见不是个厚道人。"

　　王一平冷静道："就这么大个地面，能往哪里跑？跑也跑不远，我建议火速攻击王家沟。"

　　"躲得过初一，躲不过十五！"李福泽又对护兵道，"通知一营、二营营长、教导员速来开会。"

　　不到一袋烟工夫，一营营长郭家洛、教导员王淮湘，二营营长邓和山、教导员曹普南匆匆赶来。李福泽简单讲了几句，令二营打扫战场，押解俘虏，一营全力攻打王家沟。

　　"竹布衫"所言属实，秦启荣率部窜入莒沂安边区后，知道八路军一路跟踪追击，遂祭出瞒天过海一计，令各机关文职人员并家属高调进驻大小老子和南丘家庄，并在大老子东北角"高房上"虚设了个司令部，他另率重要官员并家属及护兵共一百多人潜入摘药山西麓王家沟。王家沟三面环山，地势隐蔽，从外面根本找不到。另外村子周围没有圩墙，容易给人造成错觉。五十一军一一三师师部就曾驻扎该村，师长韩子乾喜欢吃槐嘟当里面的种子，嘴巴老是嚼个不停，还被村民送了个绰号"韩大嘴"。村中只有几条弯曲幽长的胡同，两头设有寨门，日出开门，日暮落锁。秦启荣率二十名贴身护兵住在大槐树下一幢民房中，半截石砌半截土垒，外面抹了一层石灰，倒也清清爽爽，南临一条自东向西流淌的溪流，溪水来自上游山泉，清澈甘冽，鱼虾少见，小石蟹甚多。

　　七月二十四日晚上，为了起草一份给蒋介石的报告，秦启荣端坐桌前，对着摇曳不定的昏红烛光绞尽脑汁。室内点着艾蒿，几只上了岁数、百毒不侵的花脚蚊子还是从门帘缝隙钻进来，围着他的光葫芦头飞舞。屋子里像个蒸笼，汗水很快湿透了他的军衣，他却没有丝毫草率，连风纪扣也没有解开。作为黄埔六期学生中的翘楚，蒋介石对他寄予厚望，期望他成为再造民国的"忠臣良将"。秦启荣感恩戴德，发誓报答"校长"知遇之恩，不惜肝脑涂地。他对蒋介石的每一篇文章、每一句指示都悉心揣摩，别有会心，连言谈举止、生活习惯、服饰装束也亦步亦趋。他学会了所谓的处变不惊、坚毅果敢、勇于担当，他一年四季剃光头，从不抽烟、饮酒、喝茶，大热天风纪扣也系得严丝合缝……对于那些认为他偏执、刻板的传言，他都嗤之以鼻，付之一哂，这个世界上只要有"校长"理解他就足够了！"校长"就是他秦某人的佛祖、上帝、真主！

　　忽然院中传来说话声，秦启荣仔细听了听，是哨兵在换岗，知道已是下半夜了，却睡意全无，索性拧上笔帽，掀开门帘来到外间。陈副官趴在八仙桌上睡着了，旁边一根蜡烛噗噗跳动，眼看就要熄灭。他小心绕过，来到院中，立刻从黑暗中过来几个人，没有说话，又闪开了。院子很空旷，能感到丝丝微风，像是夜行蝙蝠的翅膀扇出来似的。他仰起头，目光掠过屋顶，看到了北斗七星，果然像把勺子，又仰望中天，寻觅牛郎星和织女星，想起了孩童时候听长辈们讲述的那些关于日月星辰的美丽故事。直到脖子酸了，才收回目光，到墙根撒了泡尿，回屋合衣躺下，迷迷糊糊刚要入睡，就听西边、南边响起了枪声。秦启荣一骨碌跳下炕，来到外间。陈副官也被枪声惊醒，还以为是做梦，眨巴眨巴眼睛又趴下了。这时，参谋处长跑进来，黑暗中几乎撞上秦启荣，口中咋咋呼呼："陈副官，快叫醒主任！"

　　秦启荣冷冷一笑："放几个小爆仗就吓成这样！"

　　参谋处长慌忙立正："报告主任，从枪声判断，大小老子、南丘家庄都受到攻击，我们还是提防为妙。"

　　秦启荣侧耳听了一阵，对呆立一旁、睡眼惺忪的陈副官道："请何厅长、陈厅长速来议事！"

　　陈副官答应一声，随即出门。秦启荣把参谋处长晾在那里，一个人进了内室，划火柴点燃剩下的半截蜡烛。参谋处长转了个圈，去了院中，吆喝哨兵加强警戒。随着一阵杂乱脚步声，教育厅长何思源进来，见秦启荣正在剪除烧结的烛花，也就做出一副镇定姿态，文绉绉道："何当共剪西窗烛，却话巴山夜雨时。给夫人信中可不要忘了写上这个场景哟。"

秦启荣搁下剪刀，起身道："仙槎兄，深夜打扰清梦，真是罪过。"

何思源赶忙道："我正打算来主任这里探听消息呢！"

又一阵脚步声，陈厅长匆匆进门，他步伐虽然不乱，眼珠子却像涂上了芝麻油，忽闪闪转个不停。秦启荣轻松道："是老朋友来拜访，二位不必紧张。王家沟未遭攻击，显然他们并未摸清我部底细。我意坚守不出，唱一出《空城计》，二位以为如何？"

何思源见秦启荣眼睛盯着自己，只得道："兵者，诡道也。主任深谙阵法，一切由您定夺。陈厅长颇明阴阳，何不卜上一卦，以助主任决断。"

欲知后事如何，且看下回分解。

①妙祥：安丘方言，吉祥。

②长春真人：指丘处机。他道号长春子，系道教主流全真派掌教、真人，又是思想家、政治家、文学家、养生学家和医药学家，深受信徒和百姓敬重。

③母鲁儿：潍坊一带方言，短时间浅睡。

第十六回
残兵奔走辛庄子
线人送信富官庄

"这个老狐狸！"陈厅长心中暗暗骂了一句，摸出三枚铜板快速在手心翻转几下，惊讶道："卦象，初六，习坎，入于坎窞，凶。"

秦启荣头皮一炸，大热天竟然起了一身鸡皮疙瘩，却强作淡定道："秦某不学无术，请陈厅长解惑。"

"卦意，坎中有坑，进入坑中，坠入深渊，凶险。"陈厅长收起铜钱，"王家沟乃一死地，距大小老子近在咫尺，八路瞬息可至！"

"若八路打草惊蛇，在险要处埋伏重兵，我部或将断无生机。"秦启荣一脸忧戚，"王家沟尚有许多家属，山高路险，黑灯瞎火，如何走脱？"

"主任乃鲁南旗帜，不容有失。为大局计，请火速离去。必要时，就得壮士断腕！"陈秉炎是个直性子，不晓得这是秦启荣故作姿态。

秦启荣连连摇头："数百部属随启荣从鲁北至鲁中，转战千里，生死与共，怎能忍心抛下他们？！"

"若恋而不弃，祸恐不远矣！"陈厅长凑近一步，"主任肯定知道，老八路所为何来。"

秦启荣神色坦然："冤有头，债有主，找我算账就对了。"

何思源见火候差不多了，插话道："八路说得出，做得到，跟他们结下梁子，就不可心存侥幸。"

秦启荣使劲咬一下后牙槽："既如此，咱们只好暂去厉部防区躲避了。离开临朐后，曾派人去胡部接洽，胡鼎三答应与我部协同防共，若遇事不谐，可向他靠拢。"

　　何思源吃惊道："胡鼎三？他可是投靠了日本人的！"

　　"那只是逢场作戏，借以自保罢了。"秦启荣摆摆手，"胡鼎三老家泰城，我在那一带活动时，对其家族有所照料。他这个人外粗内细，做事不会不给自己留后路。"

　　一刻钟后，秦部人马似受惊的蜂群顺小河北岸小道东逃。特务三营一个排随向导在前边探路，营长李星野率余部断后，中间簇拥着秦启荣、何思源、陈厅长等高官及家属，在崎岖山路上跟跄而去，夜色如疏淡墨痕，一会儿便将他们的影子湮没。这当口，郭家洛、王淮湘率一营呼啸而至。在南山冈上打了几枪，见没有动静，随即突入村中。一位村民大着胆子出门捡洋落儿，被八路军当作俘虏，押着去见郭家洛、王淮湘。一路上他嘟嘟囔囔，说自己是本分良民，从不偷鸡摸狗，更没闯过老婆门子。郭家洛拧亮手灯往他脸上照了照，见土眉土眼，不像个兵痞，就和颜悦色道："老乡甭怕，跟你打听个事，秦启荣住在哪里？"

　　村民呲着一口白牙道："俺村都姓王，一个墩头上冒的枝，没有姓秦的。"

　　郭家洛拍一下脑门："是个外地人，身材蛮高蛮胖，都叫他秦司令。"

　　村民活动活动脖颈子："前些日子来了一伙人，听说是省府的，有个大官住在河北大槐树下，不知道是不是你说的那个人，不过听到枪声早跑啦。"

　　郭家洛道："你带我们去看看，有好吃的就送给你。"

　　村民眉眼含笑："那样就见外啦，俺家里啥也不缺。"

　　一干人跟随村民七拐八折，进了一爿青砖小院，就见屋门洞开，黑寂无声。郭家洛知道人去屋空，遂放心进去，划根火柴点燃桌上那盏豆油灯。地上狼藉一片，丢弃了不少东西，却没有文件之类纸片。郭家洛捡起个马口铁筒，凑近油灯看了看，认定是美国奶粉，于是递给村民："这是好东西，拿回家给老婆孩子喝吧。"

　　村民像接过个烫手芋头，反复摩挲："啥玩意儿，别叫它祸害着。"

　　这工夫李福泽率几名护兵走进来，侧头看了看村民："咱们那位大司令呢？"

　　郭家洛恨恨道："上了他的当，早跑啦！听这位老乡说，去了东北方向。"

　　"还不快追！他拖家带口的，能跑多远？！"李福泽双目圆睁，拳头往桌上狠狠一捶，那盏豆油灯跳起来。村民吓得身子缩小一半，抱着马口铁筒溜走了。

再说秦启荣一行跑到彭家沟，几位官老爷气喘吁吁，心跳如鼓，心脏好似要从嘴里跳出来。参谋处长派人去农户家牵了三头小毛驴，秦启荣、何思源、陈厅长各骑一头，在羊肠小道上深一脚浅一脚狂奔。前边的士兵拽缰绳，后边的攥根柳条棍子猛抽驴腚。小毛驴负疼，只得拼命向前，呲着两排大板牙，呼哧呼哧好似拉风掀①。

秦启荣身体胖大，他那头坐骑刚满一岁，筋骨稚嫩，架不住呵斥抽打，乱了步伐，跑着跑着扑在地上，竟将右前腿摔断，仅有皮肉相连。毛驴躺在地上，跷着蹄子不住抽动，喉咙中呜呜咽咽。秦启荣倒没大碍，就是啃了一嘴土，嘴唇肿起来，噘噘着好像个猪八戒。护兵刚扶起秦启荣，李星野赶上来说，远处来了追兵，不可停留。逃兵们一听索命鬼在后，哪里还敢歇脚，一个个裂开腚眼门子往前跑。参谋处长声调都变了："快，快，跑起来，晚了就没命啦！"

秦启荣心头忽地蹿上一把火，指着参谋处长道："你这样子该去体育场嘛，如何来了战场？！"

参谋处长低头一声不吭，像根枯树桩子。秦启荣见状火气更盛："你该去协助李营长，替我挡住八路追兵！"

参谋处长唯唯诺诺，消失在夜色中。秦启荣不放心，又派陈副官去查看。一会儿，陈副官跑回来，说参谋处长不见了。秦启荣明白参谋处长开了小差，带走了不少机密文件，当下气得七窍生烟。路过邴家崖村南，竟将鲁南办事处大印丢失。一九七六年，此印被在华家宅任教的邴家崖村丁友亮捡到。他见木质细腻，胜似黄杨，遂锯作数块，分送好友刻了私章。此为后话。

当秦启荣逃至黄石板坡村东南，天空已透亮。得悉追兵早已折回，秦启荣下令原地休息。这一幕被去村外挑水的黄石板坡村好汉李明和看得明白。他断定这伙人不是好鸟，遂放下担杖、木桶，躲躲闪闪跑回村中，叫醒几个青年，携带土枪上了圩子墙。幸好那伙人没进村，稍事休息，逶迤奔往东北方向小麦峪。

东方冒红，憋闷了一夜的大老子村民小心翼翼走出家门。见八路军已打扫完战场，正在登记、遣返俘虏。那个"道士"脱去道服，换上八路军服装，笑吟吟对围观村民道："还认得我么？"

村民们大吃一惊："你不是那个道士么？！"

"道士"忽闪着一寸长的黑睫毛："我还是个和尚！"

这时候，老头兵耷拉着脑袋走过来，"道士"戳他一下："这是咋的啦？又不是大闺女上轿头一回。当八路岁数嫌大啦，回老家娶媳妇吧，再晚了可就办不成好事喽。"

太阳升到一竿高，一营返回大老子，跟二营兵合一处，返回沂北。这时候秦启荣也到了大辉渠，派副官去辛庄子跟胡鼎三接洽。胡鼎三没料到秦启荣说来就来了，当下不敢怠慢，忙去大辉渠迎驾。

秦启荣貌甚谦恭，说自己是客，胡团长是主，一切听凭安排。胡鼎三问明情况，决定将鲁南办事处暂设北辉渠，收容陆续赶来的机关人员，秦启荣率特务营入驻辛庄子，借住村子正中李维德家大宅院。这座大宅院也是胡团指挥部，青堂瓦舍，院墙一尺来厚，一丈多高，屋顶上设有瞭望哨和火力点。

一切安排停当，胡鼎三偷偷去了趟厉部大本营夏坡，向副司令申集安面请机宜。申集安心中直打鼓，却装出一副老成持重的样子："六月底我去潍县，司令给我写了十六个字：扩大防区，广结善缘；韬光养晦，随机应变。能跟姓秦的接上头，我们也多了条出路。不过，敬神可能引出鬼来，胡团长务必当心。"

胡鼎三若有所思："副司令说的是鲁中老八路？"

"他们可以放过我部，却不会放过他。"申集安两只浮肿的马眼睁开一道缝，"此事切勿声张，以免日本人知道，带来不必要麻烦。"

辛庄子位于夏坡正南偏东七华里，距西南方的北辉渠一箭之地，两村唇齿相依，互为犄角。北辉渠环村绕有一圈圩子墙，辛庄子外圩墙正在修筑，村子西南角有个小圩子，里面有座青砖炮楼，胡团特务一连盘踞其中。

胡鼎三返回后，下令加紧修筑外圩墙，并在炮楼顶上架设了两挺广东制造的重机枪，火力足以控制辛庄子、北辉渠两村。

转眼进入八月，一连下了几场透雨，将天空冲洗得澄清明快，秋庄稼撒着欢儿疯长，遍野蹿起了青纱帐。形势稍稍安定，秦启荣决定在辛庄子召开一次各区县军政会议，以谋军事之统一，政治之加强。恰巧秦启荣生日快到了，陈厅长提议借开会之机设宴祝寿。秦启荣拍拍口袋："靠讨饭过日子，何以庆寿？"

陈厅长掰着手指道:"向村兄毋庸顾虑,财政厅尚有一笔特别经费。再说了,这也是花小钱办大事。"

何思源也不甘落后:"这些日子风餐露宿,颠沛流离,士气低落,借向村兄生日冲冲晦气,也好重整旗鼓。"

秦启荣唔了一声,在客厅中来来回回踱着步子:"浮生难得半日闲,弟兄们乐呵乐呵也好。不过两位贤兄出面不妥,还是请胡团长酌情操办吧。"

胡鼎三乐得有机会巴结秦启荣,连忙派人去安丘城采办祝寿物资。安插在日伪内部的线人获悉这一消息,借了头黑骡子骑着,于八月五日深夜去了沂北。原本路就不熟,加上青纱帐遮住道路,残月也不作美,早早落了下去,线人几番迷路,直到翌日拂晓才蹚过渠河,进入八路军鲁中军区第一团驻地富官庄。

李福泽团长和王一平政委这天恰巧都在家(一团政委王文轩率三营在东、西古庙一带活动),两人当即接见了线人。送走线人,李福泽对王一平道:"秦启荣是山东顽固派总头目,任其坐大,势必与我们分庭抗礼,若将其消灭,余众则望风披靡,土崩瓦解。"

"毛主席早就说过,秦启荣这个'摩擦专家'和汉奸行为很少区别,打敌人时候少,打八路军时候多。上次在王家沟叫他侥幸逃脱,这回无论如何也要送他见阎王!"王一平心情兴奋,来回踱着步子,"为确保成功,我建议联合驻防莒北的梁兴初十三团一块行动。"

"梁大牙所部战斗力超强,只要他肯去,这个寿宴可够秦启荣喝一壶的!"李福泽说着,挥拳往空中一击,好似秦启荣就站在他对面似的。

王一平趁热打铁:"今晚就行动,不可错过良辰佳日。"

李福泽站起身来:"我亲自去趟莒北,午前赶回。"

王一平笑吟吟道:"听说梁兴初待客一律四个大碗,你可别馋得拔不动腿了。"

李福泽撇撇嘴:"一个炒咸菜,一个炖豆腐,一个腌辣椒,一个蒸虾酱,也好意思吹成四个大碗。"说罢,率通信员、警卫员纵马去了莒北十三团驻地。村口哨兵早就听说过李福泽大名,当即领路进了十三团团部。梁兴初正在吞云吐雾,看见李福泽,他扔掉烟屁股,门牙一呲:"你咋来啦?"

李福泽将缰绳扔给警卫员,大咧咧道:"有件子大功,想与梁兄分享。"

说着，附上梁兴初耳畔，喳咕了一番。

李福泽嘴里吐出的气息弄得梁兴初耳朵眼儿有些痒痒，他强忍着听完，乐呵呵道："李团长这么仗义，我梁兴初不能装瘸马虎②，到时候亲率两个营去帮个人场。"

李福泽眼睛一睐："我说梁大牙，给秦司令祝寿，你不捎点礼物？"

梁兴初门牙呲得更长了："有'甜瓜③'，有'花生米④'，就看他长没长一副好牙口。"

李福泽嘿嘿一笑："你倒是长了副好牙口！"

欲知后事如何，且看下回分解。

①风掀：方言，风箱。
②马虎：鲁中南方言，指狼。
③甜瓜：此处指手榴弹。
④花生米：此处指子弹。

第十七回
秦主任战地祝寿
李团长暮夜兴兵

再说辛庄子那边，秦启荣和胡鼎三似乎嗅到了某种不祥气息，入夜突然加强了防范。圩子墙上人影晃动，村外添了许多游动哨，李维德大宅院四周更是三步一岗，五步一哨。院内气氛就不那么紧张了，正中是一座用松柏树枝搭建的拱门，顶上悬挂四盏红灯笼。客厅内天棚上悬挂着两盏"牛蛋子汽灯①"，柔和的光亮照得每个人脸上的雀斑、黑痣都清清楚楚。主桌后边墙壁上挂着一个大大的"寿"字，两旁是一副对联：立民族民权民生之宏愿，开为党为国为公之大业。此均系何思源墨宝。对面雪白的墙壁上挂着两幅刚装裱好的书法，一幅写着：岁月枯荣，人生自守；一约既定，万山无阻。另一幅写的是：俯仰无愧天地，褒贬自有春秋。字迹瘦硬狂放，当系秦启荣手笔。厅中几张八仙桌旁坐满了人，相互交头接耳。陈厅长扫一眼满桌菜肴，对何思源道："快开席了，胡团长这位东道主咋还不来？"

何思源目光瞟他一下："今晚宴席上来了不少生客，胡团长也许觉得身份不便吧。陈厅长就别谦让了，我给你帮腔。"

陈厅长连连摆手："仙槎兄是要把我放在架子上烧烤吗？论年龄、资历，有您在场，哪里能轮到我？"

何思源呵呵一笑："既然陈厅长这么说，思源就当仁不让了。若是冷了场，主任面皮上须不好看。"

身旁一个须发皆白的老者朝何思源拱拱手："祝寿属于民政范畴，何厅长出面主持不外行。"

何思源会意一笑，出门去了隔壁。须臾，门外响起皮鞋格格声，秦启荣、何思源一前一后进屋。座中诸人一见，呼啦啦站起来，有的鞠躬，有的拱手，有的鼓掌。秦启荣足登黑皮鞋，身穿黑制服，笑容自然、亲切，频频抱拳回礼，坐在主宾位上。待众人重新坐定，何思源起立道："向村兄，今天是您的四十大寿吧？"

秦启荣摆摆手，又点点头，听不清说些什么。何思源捧起满满一杯酒，高高举过头顶："战地庆寿，别有一番滋味！弟兄们干了这杯，为主任祝寿！"

众人纷纷起立举杯："祝寿星寿比南山！"

秦启荣急忙起立，双手作揖："自古武将半条命，岂敢称寿？！"

何思源道："吾乡之俗，四十而称寿，今日是你的生辰，你当然是寿星啰。"

"光阴倏忽，若白驹过隙，转眼四十了！"秦启荣心中陡然升起一股苍凉之气，随即高高举起杯子，"对酒当歌，人生几何？来，干了。"

干完第一杯，众人呼隆隆坐下，忙着动筷子吃菜。秦启荣虽然喝的是白开水，依旧作出一副酒入肝肠、兴致勃勃的样子，环顾众人道："能活到'知天命'之寿限，启荣知足了。不过，一想起校长重托和各位弟兄们的信赖，启荣就惴惴不安。"

陈厅长抬起眼睛，慢条斯理道："依据《麻衣神相》评判，主任当大富大贵，不在公卿之下。至于寿限嘛，应在'古稀''耄耋'之间。"

秦启荣嘴角一咧："我当然愿意子孙满堂，颐养天年，那样既能为国为民效力，还有机会跟弟兄们把酒言欢。可是，有索命鬼盯着，能否善终还真不好说。"

何思源抓住秦启荣左臂，使劲捏了一下："大喜日子，主任勿发不祥之语！"

秦启荣轻轻放下筷子："你不知道么？延安毛泽东下了死令，不惜一切代价，定取秦某性命。"

何思源心头一惊，却故作镇定道："毛泽东远在陕北，左右不了鲁省局势，其一一五师与山东纵队明争暗斗，相互猜忌，实力损耗不少。今日山东形势恶化，国共两方均面临空前压力，或许能化解旧怨。"

秦启荣激愤起来："他们连自己人都不宽恕，还能放过我们？！看看山东'肃托'就知道了。启荣跟在座诸公既为鱼肉，又是刀俎，谁王谁寇，只有天知道！"

众人面面相觑，客厅内气氛一下子冷却下来。秦启荣察觉有些失态，就拿过暖壶，重新斟满酒杯，高高举过头顶："我们虽然暂时受挫，但大势很好，太平洋战争爆发后，美国参战，我国地位陡然变得重要，山东战局关乎全国，校长非常关注。疾风知劲草，板荡识忠臣。启荣敬在座弟兄们一杯！山东欲开新局，全仰仗各位了！"说完，他双手捧杯，一饮而尽。

这时候，客厅门开了，一个面容苍白的报务员走进来，径直走到秦启荣身后，将一封电报交给他。秦启荣接过电报，只瞥了一眼，就像触电一般跳起来，又慢慢坐下，像是对众人说话，又像是自言自语："这么些年了，还记得启荣生日，校长真是旷代奇才啊！"

听说是蒋介石的电报，陈厅长忙伸过头去，可能觉得不妥，又赶忙缩回。秦启荣朝他点一下头："这是校长给启荣的私电，就不给陈厅长看了。"

陈厅长好似做了错事一般，扭捏着身子道："若放在前朝，这就是圣旨啊！"

何思源不失时机道："委员长学生成百上千，能得到这一礼遇者凤毛麟角。听说前年春，主任到重庆受训，蒙委员长接见并将手书'民族英雄'大匾颁赐给您，那可是无上荣耀啊！"

秦启荣容光焕发，横肉饱绽，脸上每一道皱纹都舒展开来，就像是一朵迎着朝阳盛开的向日葵："那是校长对学生的一份殷切期望！更是对各位的期待！"

座中鼓掌声、欢呼声响成一片。有人提议："借主任寿宴，该敬委员长一杯。"

秦启荣一拍桌子："此议甚好！若非校长挺身中流，力挽狂澜，我堂堂大中华即便没有成为东洋附庸，也早被苏俄赤化了！在座各位诚宜精诚团结，坚毅果敢，砥砺奋发，早日实现校长剿共、抗倭、建国之大业！"

搁下辛庄子秦启荣寿宴不提。却说当日黄昏，李福泽、王一平率部出了富官庄，晚上九点左右行至摘药山北麓。李福泽先令"稍息"，过了一会儿又传令就地坐下休息。一营营长郭家洛、二营营长邓和山知道必有缘故，让教导员王淮湘、曹普南留下掌控所部，俩人带着警卫员去找李福泽。见到郭家洛、邓和山，李福泽一脸欣慰："跟梁团长约定在此会合，等等吧。"

是夜天朗气清，星星纷纷亮相，太白金星、牛郎星、织女星个头硕大，光华璀璨，像是悬在夜空的明灯，可惜蛾眉月奄奄西沉，大地显得朦朦胧胧，不甚分明。李福泽正跟几个人说话，向导深一脚浅一脚过来，说秋庄稼起来了，他也迷了路，不敢再往前走了。郭家洛眼睛圆睁，刚要发火，被王一平拽到一旁。李福泽心平气和问了向导几句话，放他回了家。郭家洛气呼呼道："这家伙拿了咱的钱，该要回来吧？"

王一平睃了李福泽一眼："算了吧，也是个穷苦人，就是胆子小。"

前方大小山头连绵起伏，青纱帐漫山遍野，没有向导寸步难行。李福泽令勤务员拿出地图，郭家洛、邓和山一人捏着一端，王一平摁亮手灯，四个人在地图上比划了半天，也不知道该走哪条道。郭家洛搔搔头皮："纸上谈兵要吃大亏，还是我去附近村子找个向导吧。"

李福泽道："还是我去吧，你那俩铃铛眼一瞪，恐怕把人吓跑了。"

郭家洛哼哼两声："这一带有狼，团长小心点。"

王一平凑近道："还有大头么？老百姓就认那个。"

"就一块了，能省下就省下。"李福泽说完，率两名护兵去了北边一个小村。快到村口了，碰到一位赤膊老汉左臂挎个草筐，右手牵只小羊羔，从西边小道上啪嗒啪嗒走过来，漏风撒气的嘴里还哼着《下柳行》。李福泽像遇见了老熟人，上前招呼道："老乡上坡来，这是什么村子啊？"

老汉吓了一跳，顺手把小羊羔藏在身后，结结巴巴道："这是……华……华家宅啊，你们是赶路的客人？"

李福泽极力放松语调："我们是八路军，从沂水来，向您问个路。"

"噢，噢。"老汉不再那么紧张了，伸长脖子瞅了瞅李福泽身后那两名护兵。

"他俩是我手下的兵。"李福泽说完，又回头道，"你俩哑巴了，咋不叫声大叔？"

俩护兵同时开口喊了声"大叔"，又不说话了。老汉惊得张大嘴巴："八……路军俺不知道，您这……这么和气的长官，俺可是头……一次碰上。"

李福泽心中一乐，套着近乎道："我也是本地人，不远，在北边昌邑。"

老汉兴奋道："知道，知道。年小时跟着'马王爷'去贩过虾酱，还有柳叶子鱼。城南靠大路有座'北海楼'是不是？"老汉的声音感染了小羊羔，它从老汉胯下探过头，咩咩叫了两声，像是跟来人打招呼。

"北海楼"是一家青岛人开办的妓院，里面一群青岛大嫚，浪翻了整座昌邑城，李福泽这位富家子弟岂能不知？当着几名护兵他不便多说，就哦哦了两声，岔开话题道："昌邑虾酱好吃吧？"

老汉鸡啄米一般频频点头："好吃，好吃，味道真鲜，自打来了鬼子，就没那个口福啦。"

李福泽拍一下巴掌:"这个好办,下次路过,给你捎一坛子来。"

老汉咂吧咂吧老舌头,好似真吃到了虾酱一般。李福泽又道:"我们打算去辉渠,您说该怎么走?"

老汉紧皱眉头想了一阵子,迟迟疑疑道:"辉渠俺去过,白天还好说,晚上黑灯瞎火,就难走啦,要过好几座山呢。"

"这可咋办?!这可咋办?!误了军机要杀头的!"李福泽急得原地打着团磨磨②。

"要杀头?!"老汉张大嘴巴子,像个黑乎乎的圆窟窿。

"是啊,天亮前必须到达,要是到不了,不光我,连他俩的脑袋也保不住。"李福泽指指身后那两个护兵。

老汉仰头望望天空:"那俺还是给长官带个路吧,有星星照着,大概糊迷③不了。"

"那太好了!到了辉渠,这块袁大头就归你。"李福泽大喜过望,掏出那块白光光银圆,朝老汉一晃。

老汉连连摆手:"甭个④,甭个,再来时捎罐子虾酱就行啦。"

"虾酱是虾酱,赏钱是赏钱,我先替你拿着。"李福泽收起银圆,"回家放下小羊吧。"

不到一袋烟工夫,老汉从村中匆匆出来,下身还是那条白布大裤衩子,肩头多了块白披布。李福泽上下打量一番:"这么远的路,你不穿鞋?"

老汉道:"这条路就像狗牙,好好一双鞋,一个来回就叫它咬透啦,俺舍不得。"

李福泽关切道:"不怕伤着脚?"

老汉拍拍胸脯:"长官放心,俺这双铁脚板,棘子棵里也敢走。"

几个人返回原处,见郭家洛、邓和山站在土坡上向南张望。李福泽喊道:"回来吧,这位老乡愿给我们带路。"

郭家洛三蹦两跳过来,凑近看了老汉一眼:"嗯,这个靠谱。"

邓和山又望了一阵子,才不紧不慢走过来。邓和山是江西人,放牛娃出身,参加过五次反"围剿"和长征,尽管文化程度不高,战斗经验在一团却无人可及,李福泽对他一向甚为倚重。看见邓和山眉头紧锁,李福泽上前道:"有情况?"

邓和山低声道："梁团长号称'快将'，今番迟迟未至，只怕被什么缠住了脚。"

郭家洛也凑过去："前方山重水复，还要绕过敌人多处据点，宜早不宜迟，我看不能再等了。"

李福泽跟王一平简单商量一番，果断道："十三团骁勇善战，谅无大事，留下团部通讯班在此接应，各部即刻开拔；直属特务排随向导前头开路，其他人马拉开距离，成一字长蛇阵前行。"

走了两个多时辰，李福泽只觉眼前越来越黑，抬头望望西天，月牙不见了，远村隐约传来鸡鸣，他知道已是四更天，又见王一平脚步沉重，就凑近道："哎，你说，那秦启荣正在干啥？"

王一平打个激灵："干啥？搂着小娘们睡觉呗，谁像咱们这群夜猫子。"

李福泽嘴角一歪："我猜他睡不着，睡着了也会被恶梦惊醒。我在上海上大学时，听教授说，人都有第六感，能够预感死亡这等大事。"

王一平睡意全消："说不定枪一响，他就举了白旗。这回他是死定了，打死了正好，生擒了也得打黑枪，反正不能留活口。"

李福泽一怔，随即道："有道理。若老蒋出面向毛主席、朱总司令要人，或者用他交换某个人，还真不好拒绝。直接崩了，省得惹些啰唆。"

两人正在窃窃私语，前边队伍突然停下了，就见特务排长急匆匆回来。

欲知后事如何，且看下回分解。

①牛蛋子汽灯：一种日本制造的汽灯的俗称。
②打着团磨磨：潍坊方言，来回转圈。
③糊迷：潍坊方言，迷路。
④甭个：潍坊方言，不用。

第十八回
老八路黑虎掏心
乌合军狼奔豕突

李福泽上前道："出了什么事？"

特务排长道："咱们已过了朱家河，前方就是一溜辉渠。"

李福泽道："告诉向导，此行目的地是北辉渠，不要惊动周边村子。"

特务排长去后不久，又和向导老汉折回来。老汉有些焦急，说话又磕磕绊绊："前……前边有四个辉……辉渠，西边是西辉渠，东边是东辉渠，中间是大辉渠，北边那个小村大概是北……北辉渠，四个村子都有圩子墙，晚上肯定有人站岗，隔着一二里路就会被看见。长官说该怎么走？"

"怎么走？绕个大圈子呗，咱又不是土行孙。"李福泽口气依旧轻松。

"西辉渠村西是不是有条河？地图上有标注的。"黑暗中，邓和山从后面踱过来，不慌不忙道，"让战士们弓下身子，贴河岸绕过去，不会暴露目标。"

"我怎么就忘了这条河！"李福泽拍一下脑门，掏出"小铁牛"①，凑到眼前看了看，对王一平道，"走得太急了，战士们都累得不行，可以先休息一会儿，现在两点一刻，三点行动，你看如何？"

王一平仰头望望天象："那时候正是黎明前黑一阵，圩墙上放哨的也该乏了。"

特务排长和传令兵刚走，老汉一把拽住李福泽左臂："长官，你们去北辉渠干啥？"

李福泽浅浅一笑："这个嘛，暂时还不能告诉你。"

老汉一脸惊惧："你们是不是去打仗？俺可不敢去，俺要是被打死，俺那羊羔子也就饿死啦。"

李福泽道："你家里没别人？"

老汉吭哧吭哧一阵："爹娘死得早，家里穷，又长得不受看，木说上个媳妇②。"

"噢，是这样。"李福泽心底涌上一股酸涩，从口袋中掏出那盒舍不得抽的"三炮台"，塞到老汉手中，"你找个地方窝起来，吃烟歇歇。我们打完仗路过这里，咱们再一块走。"说着，他又摸出盒火柴递过去。

老汉将香烟、火柴攥了一阵子，又还给李福泽："俺身上没口袋，还是跟着长官去吧，帮忙拿拿东西也好。"

李福泽忽闪着大眼睛道："等赶走了鬼子，日子就会好起来，那时候再娶媳妇也不晚，不行就娶个回头儿③。"

老汉撩起披布擦擦眼："都老猫磕巴眼④啦，还娶啥媳妇？这辈子就这么着啦。"

李福泽呵呵一笑："说得也是，娶了媳妇生些气，不如一个人清净自在。"

凌晨三点，队伍开始行动，原本黑气迷蒙的天空好似倾倒了大桶墨汁和黑漆，愈发浓重、黏稠，附近村庄的公鸡又叫起来了。一个小时后，一团各部到达作战区域。一营作为预备队并警戒安丘、夏坡方向；李福泽、王一平率直属部队协同二营主攻辛庄子，为免遭炮楼上火力压制，李福泽率部转到辛庄子村北，潜入距圩墙三百多米远的一片林地。

呼呼晨风吹淡了夜色，周边景物现出了剪纸一般的轮廓。李福泽这才看清，环绕辛庄子的圩墙尚未完工，北门也只是个没有门齿的光嘴巴，几个哨兵或站或蹲，倚着圩墙许久没动，好似睡着了。李福泽举起"千里眼"又看了一阵，跟身旁邓和山、曹普南咬了下耳朵。两人没有说话，悄悄离去。过了一刻钟，从夏坡方向走来一队士兵，荷枪实弹，迈着正步走向北门。走到距门洞大约二十米远，那几个哨兵好似大梦初醒，一边哗啦哗啦拉枪栓，一边大吆小喝：

"什么人？站住！"

"胆子不小，你他妈再走一步试试！"

来人似乎是在自家炕头上玩耍，脚步未停，队形不乱。头前一个"细柳条"操着潍县腔凶巴巴道："你这果半昏，说话就带着野巴气！敢问我是谁，不会睁开你那俩眼罐子自己看！⑤"

哨兵小头目有几分发蒙，下意识拉了下枪栓："俺不管你是谁，快说口令！"

"细柳条"直接开骂:"你果土鳖,司令部的人能不知道口令?!快别腌臜人了!"

小头目被骂得有些丈二和尚摸不着头脑,呆了片刻,端平大枪道:"再不说就开枪了,这是胡团长的命令!"

"细柳条"挺着胸脯,声音傲慢又自负:"那你就快开,看胡团长不零刀子旋了你才怪!"

说话间,这队士兵已经到了北门,小头目见势不妙,转身欲逃,叫"细柳条"一把采住:"甭急,还没告诉你我是谁呢!"

小头目扑通一声跪下,连连叩拜:"甭说啦,您准是八路老爷!"

"细柳条"白牙一呲:"你这不是奇明白嘛!"

其他几位哨兵方才还在看热闹,这霎回过神来,纷纷扔掉枪支,双手高高举过头顶,说啥也不肯放下。"细柳条"压低声道:"你们是胡团的,还是秦部的?"

小头目道:"都是胡团特务一连的,跟着混口饭吃。"

"细柳条"道:"我们是鲁中老八路,这回专门来找秦启荣报仇。你们要争取立功,打完仗,愿意回家就回家,参加八路更好。"

小头目道:"俺几个听您的,争取立功。"

他身后一个得了"吊线风"的家伙歪着嘴巴子道:"立功有赏钱么?"

"细柳条"道:"有,不是很多。"

"多少?""吊线风"嘴歪得更厉害了。

"发……发牙粉、肥皂……""细柳条"嘴头子不那么利索了。

"那还立个屌功!""吊线风"话音未落,嗖一声往村内窜去,比野兔和黄鼠狼子还要快,风灌进他的衣服,在后背鼓起来,像个罗锅子。

"细柳条"端平盒子炮,单眼一瞄,搂动了扳机。一声脆响,"吊线风"好像断线风筝,一头栽进路旁沟中。林地里的伏兵听见枪声,齐刷刷冒出来,冲向北门。几乎同时,西南角炮楼顶上响起了重机枪富有韵律的怒吼,子弹像飞蝗一般啄向林地里高大、挺拔的侧柏。

再说辛庄子村中,昨晚寿宴结束,秦启荣心情亢奋,让副官沏了杯浓茶,在门口点上驱蚊的艾蒿,便坐在一张古朴的红木书桌前,继续书写那份给中央的报告。他一向笔头甚健,这份报告却颇费周折,手中派克笔似有千钧之重,每写一个字，都要使出浑身解数。报告终于杀青了，远处传来一声悠悠鸡鸣，似乎带些哭音。秦启荣掏出金壳怀表看了看，打个哈欠，站起身，未及迈步，顿觉眼前一黑，"嘭"一声仰倒在楸木圈椅上。陈副官接受了在王家沟的教训，没敢擅自睡觉，借着墙上一盏马灯正在读"三国"，听到动静，扔下书本，一步跨进去。秦启荣身子没动，摆摆手道："没事，就是缺觉了。"

陈副官松了口气，将秦启荣扶回床上，替他脱掉鞋子和上衣，而后放下蚊帐。秦启荣摘下腰间的左轮手枪，顺手掖在枕头底下，对陈副官道："鸡叫头遍了，你也睡吧。"

秦启荣虽然入睡了，那魂魄依旧不得安宁，三魂渺渺，七魄悠悠，竟然去了泰山普照寺。秦启荣在泰安活动时，常去寺中进香许愿。慧明住持尚未安息，一脸错愕道："施主何故深夜至此？"

秦启荣双手合十，恭恭敬敬道："昨天是启荣四十岁生日，高朋满座，觥筹交错，气氛热烈，校长亦亲自致电慰问。启荣却惴惴不安，担心乐极生悲，所以连夜造访，欲请大师指点迷津。"

慧明住持沉默不语，良久方道："施主该扪心自问：你所造罪孽是否赎清。否则，该来的一定会来。"

秦启荣急火攻心，欲再探问，无奈口干舌燥，发不出声音，乃鼓足力气喊道："水！水！"

陈副官已经入睡，听到喊声，慌忙跑进来，扶起秦启荣，陪着小心道："主任害渴啦，我这就倒水。"

红木书桌上那盏罩子灯放射出清幽幽光亮，引来几只飞虫绕灯罩翩跹起舞。秦启荣坐在床边，神情颓然："适才做了个梦，很是奇怪。启荣以身许国，犯难冒险，也许错杀了几个人，难道就成了罪孽？！锄草还免不了连累几棵好庄稼呢！"

陈副官递过一杯水，宽慰道："梦不能预示吉凶，主任不要胡思乱想，你若心头宁静，梦也就没有啦。"

秦启荣右手端着杯子，坐在床边一动不动。突然，从北边传来一声枪响，声音焦脆，似银瓶炸裂。他手一抖，杯子落在青砖地上，摔成了碎片。陈副官道："听枪声好像老远，或许是土匪劫道吧？"

见秦启荣没有反应，陈副官又要开口，就听西南角炮楼上响起了重机枪沉闷的吼叫。陈副官紧闭嘴巴，呆呆看着秦启荣。枪声打破了宁静的拂晓，先是狗咬鹅叫，继而骡马驴子也嘶鸣起来。秦启荣惨然一笑："你猜谁来了？"

"莫非是八路？"陈副官脸色骤变。

"哼哼，都想拿我人头邀功请赏，那就试试好了。叫李营长速来！"秦启荣说着，从枕头底下摸出了左轮手枪。

陈副官答应一声，慌忙跑了出去。秦启荣穿好鞋子、衣服，正要出门，李星野一步跨进，神色不安道："报告主任，八路攻入村子，已跟胡部接火，卑职正部署兵力，坚决死守！"

"那就来吧！"秦启荣将左轮手枪压倒击锤，"这儿可不是王家沟！"

李星野点点头："八路远道来袭，缺乏援助，只要我们坚持到天明，自然会有办法。请主任坐镇屋内，卑职上屋顶指挥。"

秦启荣目光灼灼望着李星野："李营长，我一定当面向校长保举你！"

李星野绷紧面皮，道一声"多谢主任栽培。"转身出去。

秦启荣稍稍侧头，对陈副官道："让卫士排去客厅待命。"

陈副官正要出门，屋顶上传来轻机枪喜鹊一样的尖叫，夹杂着手榴弹的轰鸣。陈副官看了秦启荣一眼，硬着头皮去了院中。秦启荣手提左轮手枪，沿前廊闪进客厅，刚刚闭上门，就听西墙响起三声闷雷似的轰鸣，巨大的气浪震得门扇咯吱咯吱扭动。秦启荣心跳如鼓，黄豆大的冷汗珠子从额头上冒出来。就在这时，盛放杂物的东间门无声开了，从里面探头探脑出来三个人。秦启荣大吃一惊，握着左轮手枪的手上满是汗水，就像涂了一层黏液。等他借着微弱光线认出来人，不禁大喜过望，像轻盈的燕子一样扑上去："胡团长，你来得正好！"他掖起左轮手枪，抓住前头那位壮汉双手使劲摇着，眼睛在略呈灰蓝的夜色中闪闪发光。

这人正是胡鼎三，身后两名护兵都提着沉甸甸的二十响盒子炮，嘴巴绷紧，眼珠子几乎瞪出来。胡鼎三见客厅中再无旁人，径直道："一定是鲁中老八路来了，主任跟他们可不生疏。"

秦启荣一怔："是王建安的部队！这些人打仗不讲章法，谁家的炕头也敢上！"

胡鼎三道："他们现在正全力进攻西南圩子，已经炸开几个窟窿，我部正凭借炮楼顽强抵抗，这样打下去，辛庄子恐怕难逃一劫！"

秦启荣身子一抖，嘴上却硬撅撅道："胡团长不要担心，夏坡援军很快就会到来！"

胡鼎三抽出手，拍拍军衣上灰土："主任落脚没几天，他们就到了，恐怕来者不善。既然攻打辛庄子，夏坡方向必定埋伏了打援部队。为主任安全计，还是赶快突围。"

秦启荣皱起眉头："外面情况不明，就怕中了八路埋伏。"

"他们盯上了这所院子，正从西边实施爆破，须及早离开！"胡鼎三一指东间，"里面有个地道，直通东院，再从东院东北角小门出去往东北跑，那里圩墙很矮，一旦进了村北高粱、谷子地，就安全了。"

秦启荣脸上现出一副悲悯、惨怛神情："数百党国忠勇将士跟随我历尽艰难，怎能丢下他们独自逃命？！"

胡鼎三道："留得青山在，不怕没柴烧。主任乃山东擎天之柱，危急时刻须当机立断，不可存妇人之心！"

秦启荣还在犹豫，雕花木门咣啷一声开了，十几个护兵尾随陈副官跑进来。此时窗口已经泛白，人们的鼻梁、眼窝都现出了轮廓。陈副官看到胡鼎三，惊讶不已，上前打了个招呼。胡鼎三似乎没听见，凑近秦启荣道："再不走就走不成了！"

他话音未落，一颗手榴弹在院中爆炸，弹片将雕花窗棂打了个碗口大的窟窿。秦启荣抽出左轮手枪，对陈副官和护兵们低声道："我们随胡团长先行突围，而后集结兵力杀个回马枪，望各位弟兄们奋勇作战，秦某向来赏罚分明！"

李星野在屋顶上撑了一阵，眼见局面无法收拾，急忙让护兵去客厅请示秦启荣。护兵顺着梯子溜到地面，进客厅转了一圈，慌慌张张跑出来，伸长脖子大喊："营长，屋里一个人也没有，主任跑啦，我们也快跑吧！"

士兵们早就做好了"走"的架势，听到喊声，像下馉馇（即水饺）一样从屋顶、墙头跳到地面，跳进院中的趴在墙根装死，跳在墙外的顾头不顾腚，夺路狂奔。李星野大怒，甩手一枪，护兵应声倒地，抱着血流如注的大腿嚷道："怎么乱开枪！"

李星野左手撑起身子，又开了一枪，子弹恰恰击中护兵眉心，鲜血混着脑浆迸射出来。李星野高声喊道："弟兄们不要跑！乱跑死路一条！"

无奈军心已乱，各人兀自逃命，身旁几名护兵也是战战兢兢。李星野虽然知道大势已去，却不甘心，还提着手枪向四周观望。就在这时，一颗子弹钻进了他右肩，他像被人从侧后猛击一掌，身子朝前扑倒，顺着鱼鳞灰瓦滚落到地上。

欲知后事如何，且看下回分解。

①小铁牛：一种钢壳怀表，因为经砸耐摔，故得此绰号。

②木说上个媳妇：安丘方言，没娶上媳妇。

③回头儿：安丘方言，丈夫去世后改嫁的女人。

④老猫磕巴眼：安丘方言，指年老体衰精力差。

⑤"你这果半昏，说话就带着野巴气！敢问我是谁，不会睁开你那俩眼罐子自己看！"这一句是"细柳条"说的潍县方言，"果"即"个"；"野巴气"即"傻气"；"眼罐子"即"眼睛"。

第十九回

秦启荣一命归西
何思源因故获释

再说秦启荣、胡鼎三率护兵钻出黑咕隆咚的地道，稍稍松口气，一个个猫着腰，顺墙根去了东北角门。这时天光已亮，远处屋顶上的八路军发现了这伙人，吆喝一声，随后开了枪，几颗流弹飞来，凄厉的声音划破了玻璃似的灰白天空。胡鼎三推了秦启荣一把："主任快跑，我来断后！"

秦启荣不再客气，冲出角门，甩开两条腿朝东北方向狂奔，那十几名护兵手提盒子炮，紧紧跟在身后。到了圩墙下，秦启荣回头望了望，喘着粗气道："胡团长没跟上来？"

陈副官道："胡团长熟悉地理，主任放心就是，赶紧越墙！"

这一段圩墙还在施工，只有三米来高，靠墙搭着些木架子。护兵们有的托，有的拽，将秦启荣弄上圩墙。陈副官道："先下去几个弟兄们，搭成人梯，您踩着下去吧。"

秦启荣朝下看了看，见底下都是些绿蓬蓬的苍耳棵子，就摇摇头道："兵贵神速。"说罢，双眼一闭，纵身跳了下去。陈副官稍一犹豫，转过身，扒着墙头往下滑，到了地面，站立不稳，仰面摔倒。他爬起来，就见秦启荣坐在苍耳棵子里，两只手使劲攥着左脚踝。他吃了一惊，急忙道："主任怎么啦？"

"左脚踩上块火石蛋子，可能脱臼了。"秦启荣一脸懊恼。

"怎么会这样！"陈副官将公文包转到身后，使劲扶起秦启荣。

一名刚爬上圩墙的护兵回头望了望，失声惊呼："不好，追兵上来啦！"

护兵们早就六神无主，听到喊声，纷纷落荒而逃。急得陈副官跺脚大骂："都他妈站住，主任在此，你们往哪里跑？！"

护兵们又簇拥过来，两名魁梧大汉一左一右架起秦启荣，脚步杂乱跑上一道土冈。陈副官率余众尾随其后。这时候就见圩墙上冒出一片人头，呼啦啦跳下墙，蹦跳着追上来。即使不用"千里眼"，也能看清他们的灰色军服。

"是八路，开枪，快开枪！"陈副官哑着嗓子大喊。

护兵们边跑边开枪，实在没有准头，毕竟是十几把盒子炮一齐扫射，弹头就像飞蝗一样。一名八路军战士被击中，张开双手，慢慢倒了下去。

护兵们一阵欢呼。一个吹吹枪口青烟："打中啦！"

另一个眼珠子一斜楞："俺打的！"

第三个嗷嗷喊叫："胡扯！"

这几个还在争功，一挺捷克式轻机枪"嘎嘎嘎"扫过来，顷刻间倒下了几个，像胡乱捆好的谷个子横在地上。余者狼奔豕突，转眼散尽。搀扶秦启荣的两名护兵也是惊恐万状，一个佯装跌了一跤，骨碌碌滚出老远，爬起来，刮风一样跑得无影无踪，另一名护兵是个络腮胡子，暗暗骂了一声，扶着秦启荣跑到一块名叫"蛙子湾"的谷子地头，喘着粗气道："这样跑目标太大，主任进谷地躲躲吧。"

秦启荣两腿一软，瘫坐在田埂上："叫……陈副官。"

"络腮胡子"见同僚们七零八落，作鸟兽散，哪里还有陈副官影子，遂道一声"我去找找"，丢下秦启荣，独自逃命去了。秦启荣喘息一阵，不见陈副官到来，只好爬起来，提着左轮手枪，一瘸一拐踅进谷子地。谷子地尽头是一片春高粱，叶子染上蜡黄色，火红的穗子在晨风中洋洋洒洒，一群觅食的麻雀在上空起起落落。秦启荣忘记了身处战场，竟然停下了脚步。突然，他后背被什么东西咬了一口，体内元气猛烈散了出来，脚下大地像个陀螺急剧旋转，眼前一片恍惚，除了累累白骨就是淴洋血泊。他再也无力支撑，仰面倒在谷子柔软的怀抱中，耳畔隐隐响起慧明住持的声音："天理昭彰，报应不爽，这回你该相信了！"

俄尔，几名八路军战士冲进"蛙子湾"。一个姓王的小战士差点被什么绊倒，他回头仔细一看，躺在血泊中的人竟是他曾经的主人秦启荣。小王想马上跑开，两条腿却不听使唤。秦启荣察觉眼前有人，使劲睁开眼，也认出了当年的勤务兵，就拼尽力气道："好久不见了……你干了……八路？"

小王点点头，小声道："你伤得厉害不厉害？"

秦启荣猛烈喘息一阵："活……不了了，给我补……一枪。"

小王心头一紧，像受惊的兔子一样跑开。刚出谷子地，一个趔趄扑在地上，呼呼喘着粗气。一个老战士见状跑过来，弯下腰杆道："咋的？叫枪子咬着啦？"

"不是，"小王支吾一阵，爬起来指着谷子地道，"秦启荣在那旁，受了伤。"

老战士一听，下意识攥紧手中"汉阳造"，吩咐道："你在这里看着，我去报告营长。"

小王是太河人，父亲早逝，有一年跟着娘在街头流浪，被秦启荣碰到，收他当了勤务兵，那时候他还没有枪高，做事不赶眼色，好几次挨了耳刮子，不过秦启荣心情好的时候，对他还不错，秦启荣喜欢吃美国牛肉罐头，时常用汤匙挖出一块给小王香香嘴。有一年临近春节，小王将秦启荣赏赐的鸡蛋大小的一块牛肉藏起来，打算寻机回趟家给娘吃，不巧被秦启荣看到了，令军需官拿来两个牛肉罐头送给小王，又准了他一天假。小王正胡思乱想，一群人簇拥着李福泽、王一平快步过来。李福泽拍拍小王肩头："真是秦启荣？"

小王神情有几分慌乱："俺给他当了三年勤务兵，保管认不错。他受了伤，还能认人。"

"噢，他怎么会在辛庄子？这里可是汉奸据点啊！"李福泽跟王一平目光一碰，"一块去认识认识。"

"再不认识可就没机会啦！"王一平眨眨眼皮，"谷子快熟了，脚下都小心点。"

小王却像打摆子一样，抖得走不成溜，勉强指了指那个位置。王一平对小王道："你在这里歇歇，等着我们。"

王一平的警卫员李庆荣上前道："秦启荣有枪，俺先过去看看。"

王一平点点头："小心，别莽撞。"

李庆荣端平盒子炮，猫腰走过去。俄顷，谷子地深处传来一声枪响。众人正在吃惊，却见李庆荣身子一窜一窜，像只撒欢的狗一样跑回来。李福泽上前道："怎么又响了一枪？"

"那家伙真顽固，都快死啦，还拿枪朝俺瞄准。"李庆荣说着，从口袋中掏出一枚铜制印章、一把左轮手枪、一支派克钢笔、一块金壳怀表，次第递给李福泽和王一平，"这是从他口袋中搜出来的。他那双皮鞋也不糙，谁要？"

"随身衣物一概不要动！"王一平戳戳正在把玩左轮手枪的李福泽，"走，去跟秦司令道个别。他毕竟是死在战场上。"

众人跟随李福泽、王一平进了谷子地，小王情绪平复下来，也低头跟在后面。就见谷子棵上躺着个身穿黑衣、身体扭曲的中年人，脸色像干枯的谷叶，眉头紧锁，拧成个鸽子蛋大小的疙瘩，黑礼帽滚在一旁，一只俗名"丑妮子"的土蚂蚱落在上面，抬起两条前腿反复擦着脸颊。李福泽神情幽幽道："堂堂'民族英雄'死在这里真是大不该！不知咱们那位委员长如何向世人交待？"

王一平眉毛一扬："咱们把真相说出去，管教老蒋哑巴吃黄连，有苦说不出。"

李福泽喉咙中吭吭几声："其实呢，秦启荣也是个牺牲品，山河破碎之际，本应同心协力，他却罔顾抗战大局，一心搞摩擦，以讨主子欢心，到头来还不是'反误了卿卿性命'。"

王一平意味深长道："他真把自己当作'天子门生'了，一天到晚喊着杀身成仁、舍生取义，咱们只好成全他喽。当初他在太河、雪野、淄河挥舞屠刀的时候，气焰嚣张，不留后路，落得今日之下场，纯系死人欠账——活该！"

这工夫，辛庄子方向已听不到枪声，但是上空集聚的黑烟尚未散尽，好像有双无形的大手在揉搓一团黑绸子。李福泽欣喜道："邓和山、曹普南已将村中残敌吃掉，咱们该回去吃饭啰。怪了，夏坡村怎么一直没有动静？难道怕死怕到连友军有难也不伸援手了？"

"也许人家压根没把秦司令当成友军。"王一平嘴角一翘，"赶快回去吃饭吧。"

太阳升到一竿高，银白稍带金黄的阳光照耀着战后的村庄。村口一棵被迫击炮弹炸成两截的白杨树树皮闪着银光，村子西南角的圩墙上留下了好几个大窟窿，里边那座青砖炮楼成了一堆瓦砾，几个八路军战士提着铁锨、洋镐在上面来回转悠。附近一棵高大通直的臭椿树上拴着一红一黑两匹战马，不住地喷响鼻、尥蹶子，马脖子下的小铃铛发出细碎声响。一只黑狗蹲在不远处，竖起耳朵，直愣愣地看着，偶尔张开大嘴打个哈欠。

李福泽、王一平刚到大宅院附近，曹普南迎上来，喜滋滋道："团长、政委，这一家伙咱们可就肥头①了，枪支、弹药、钞票不说，更有咱们紧缺的药品。真是小窟窿抠了个大螃蟹！"

李福泽瞅他一眼："就这些？还有啥？"

助理。"

何思源深鞠一躬："八路军乃堂堂正义之师，深受百姓拥戴，余向往久矣！只可惜家中尚有八旬老母等我赡养，我一日不归，她老人家一日寝食不安，恕鄙人暂时不能从命！"

李福泽不放心，又道："先生是读书人，应该识大体，明大义，千万不要走错了路。"

何思源千恩万谢道："长官教训得极是！鄙人回乡，一定潜心执教，培育桃李！"

因为担心王一平对梁兴初过于大方，处理完这件事，李福泽快步离开了大宅院。一出大门，迎面撞上华家宅那位老汉。老汉看见李福泽，如连阴天盼到了太阳红，乐呵呵道："长官，您打仗真厉害，就像'三国'里那个赵子龙，神出鬼没，俺跟在后头跑着跑着，就找不着您啦！"

李福泽龇着白牙笑笑，猛然想起还欠着老汉一块银圆，于是上前拍拍老汉披布上灰土："跟着我，别走散了，咱有个小账还没算。"

老汉一脸不好意思："算啦，算啦，俺跟着您当兵吧。"

"枪子不长眼，还是在家里安稳。"李福泽话音方落，就见邓和山从胡同口快步过来，身后跟着个身穿黑裤褂、头戴黑礼帽、鼻梁上架副墨晶镜的黄胖子。他见黄胖子有几分眼熟，就撇下老汉，快步迎上前去。

欲知后事如何，且看下回分解。

①肥头：潍坊方言，发财，富裕。
②饥困：潍坊方言，饿。

第二十回
碧云斋暗流汹涌
夏坡街风云突变

李福泽上前几步，攥住黄胖子右手，上下晃了几下："是你啊！又有新情报？"

黄胖子点点头："鬼子一早出了城，沿公路奔往夏坡方向，不过走走停停，行动很慢。我担心你们不知道，赶快来报信啦。"

"来吧，做着他们的菜了！"李福泽抻抻筋骨，"你提供的情报很准，秦启荣见了阎王。"

"终于除掉了这个祸害！"黄胖子环顾左右，"我得赶快回去，借了'西万和①'药铺的骡子，别耽误人家拉货。"

"这两天辛苦你了，路上小心！"李福泽叮咛道。

送走黄胖子，李福泽跟王一平、梁兴初碰头商量一番，决定各部轮流吃饭，以逸待劳，消灭安丘城来犯之敌。到了午后，迟迟不见日军身影，梁兴初率十三团返回莒北，李福泽、王一平率一团所辖一营、二营返回沂北富官庄。老汉在前头带路，和李福泽拉着闲呱。

行至华家宅，李福泽虽然不舍得，还是很大方地掏出那块银圆，硬塞到老汉手里，又送给他一蒲包缴获的咸鲅鱼。老汉舍不得吃，背着咸鲅鱼去四乡赶集，卖点零花钱。一次赶庵上集，叫一个地痞盯上了，说咸鲅鱼是从鱼店里偷的，拖着他去见官。老汉不敢说出来历，结果被硬生生抢走，还挨了一个大耳光，一颗松动了许久的白齿脱落了。老汉气出病来，想找李福泽替他报仇，可是双腿乏力走不远了，每日里坐在村口怅望、等待，李福泽却再也没有出现。这年初冬，老汉郁郁而终，那只小羊羔因为拴在门框上，不久就饿死了。

却说厉文礼住进碧云斋后，经过一段日子调养，病体有所康复，精神也好了许多。八月中旬一个下午，厉文礼和丁叔言正在谈诗论画，忽听窗外风声呼啸，一片桐叶打着旋进了客厅，停在厉文礼脚边。厉文礼捡起来，见那片桐叶墨绿底子上染了少许蜡黄，他审视片刻，对丁叔言道："立秋已过，好景致来日不多了，去庭中走走。"

两人来到院中，就见青桐树在风中摇摆，那些未老先衰的叶子打着旋落下，枝头露出了碧色云空。丁叔言正在琢磨诗句，厉文礼道："刚搬来的时候，抬眼望去，树叶层层叠叠，若碧玉垒砌，不料秋风一起，便苍黄凋落，世间万物，岂一个'无常'了得！"

丁叔言似乎深有同感，咽下口中吟了半截的诗句，附和道："盛极必衰，物极必反，本是天地间常理，人要懂得进退，敢于割舍，方能从容转圜。"

"言公言之有理！"厉文礼垂下眼睛道，"《史记》'李斯列传'记载，秦始皇死后，李斯为贪恋既得富贵，与赵高合谋，伪造遗诏，逼迫扶苏自杀，立胡亥为帝，终于招致本人被腰斩于咸阳闹市、三族被灭的厄运。当初他就知道'物禁大盛②'，当了多年丞相却不甘心急流勇退，再回上蔡当一个小吏，并且为保住富贵不惜出卖良知，这就是他悲剧的根源啊！"

丁叔言苦笑一声："李斯既然当上了丞相，想再回上蔡当小吏恐怕是不可能了。他的私欲不允许，他的家人不同意，秦朝的政治也不答应。从登上高位那一刻起，他的命运就已经确定了。所以啊，人生在世，少一些贪恋最好。"

就在这时，院门开了，门房陪着一个日本军官进来。厉文礼、丁叔言见此，站住不动了。门房紧走几步道："这位太君说有一封重要信件须亲手呈交厉司令。"

日本军官走到厉文礼跟前，弯腰鞠一个大躬，一本正经道："受上村太君委托，将一封重要信件送交厉司令，请您收下。"说完，从斜挎身边的公文包中取出一个厚实的牛皮纸信封，双手呈上。

厉文礼伸手接过信件，飞快扫了一眼左边落款，矜持道："请告诉上村部队长，厉某感谢他的关照。"

日本军官又鞠一个躬，转身走了。门房神情慌张，紧紧跟在身后。目送日本军官从院门消失，厉文礼和丁叔言快步返回客厅。厉文礼拆开一看，信件系驻防青岛的日军独立第五混成旅团旅团长内田银之助少将亲笔所书。信中说，城顶山匆匆一面，未及详谈，甚为遗憾；又说青岛天蓝水碧，气候宜人，邀请厉文礼前去疗养……

厉文礼将信件反复读了两遍，默默递给丁叔言。丁叔言读完，目光显得阴郁且若有所思："您去吗？"

"言公不了解日本人，这是内田的最后通牒。"厉文礼一脸冰霜，眼睛里跳动的光芒透露了他内心的不安。

丁叔言一脸谨慎道："青岛虽然海阔天空，这一去可就无法回头了！"

"日本人手段毒辣，上次硬给我打了一针，致使我右腿瘫痪，就是一个下马威。现在抽身已晚，只能是过河卒子，走几步算几步吧。"厉文礼沉思片刻，抬起头道，"这么多弟兄们的命运，也不能我一人做主，叫老申和我一块去。有福同享，有罪同当嘛。"

丁叔言心口一热："申副司令若脱不开身，锡纶愿陪司令前往。"

"言公已经受累不轻了，不要再蹚这片浑水。"厉文礼叹口气，"麻烦天兴再走趟夏坡，最迟后天和老申来潍县，去青岛宜早不宜迟。"

"我这就去打电话，司令累了，先休息一会。"丁叔言说着，站起身来。

厉文礼点点头："请天兴买些香烟、白酒，替我慰劳慰劳弟兄们，日后再跟他结算。"

第三日掌灯时分，申集安和刘天兴迟迟未至。厉文礼站在窗口，脚底像生了根，任凭蚊虫在耳畔起舞。丁叔言心中也是十五个吊桶打水——七上八下，却出言宽慰道："天兴心眼活泛，口才了得，在日本人那里很有面子，有他陪同，申副司令保管一路顺风。也许见天色已晚，去坊子天兴家中吃了晚饭再来。"

厉文礼身子没动："老申这个人，城府太深，我一直琢磨不透。去年城顶山之变，我错杀了李鸿禄，他大为不满，却丝毫没有表露。"

丁叔言心中杂乱无章，梳理不出个头绪，只好喃喃道："申副司令混迹旧军队多年，染上这样那样一些毛病也是在所难免。不过，'忠''义'这两个字他还是认识的。"

厉文礼心头明朗起来："人家鞍前马后侍候了这些年，即便改换门庭，我也无话可说，百日床前无孝子嘛！"

丁叔言言不由衷道："若论运筹帷幄，折冲樽俎，申副司令还是蛮有一套的。"

厉文礼似乎没听见，继续道："胡鼎三、韩寿臣都是忠义死节之士，言公若有时间，替我各修书一封，将文礼心意传达给二人。"

丁叔言沉吟道："这二人跟申副司令关系微妙，若被他察知，反而不好了。"

厉文礼伸手拍几下脑壳："那就等等再说。"

入定时分，大门外传来汽车喇叭响，丁叔言触电一般跳起来："他们来了。"

厉文礼身子没动，淡淡道："反正饭菜早凉了，我跟老申谈完再吃吧。"

丁叔言道："正好让厨房再热热饭菜。"说完，他去了东厢房，跟几名下人交待一番。出门正巧碰上申集安、刘天兴拐过影壁，丁叔言急忙上前握手："一路辛苦了！也把司令牵挂得不轻，天擦黑就站在窗边，一直到现在。"

申集安抬眼望去，见雕花木窗透出一团清亮光辉，隐约有个瘦小身影一动不动。他使劲握一下丁叔言的手，低声道："这里多亏了丁先生。"随即紧走几步，直奔客厅。丁叔言又跟刘天兴握手："路上遇到麻烦了？"

刘天兴道："我那辆老爷车真不敢依仗啦，去的路上还将就，回来走到刘家柳沟抛了锚，好歹才修起来。"

丁叔言朝后看看："司机师傅呢？"

刘天兴道："他家在撞钟院附近，回去看看，明儿一早过来。"

这时候，就听厉文礼道："言公，怎么还不偕天兴进来？"

"只顾拉呱了。"丁叔言说着，和刘天兴进了客厅。

厉文礼还走到门口，拍一下刘天兴肩头："让你这位大老板来回跑腿，真是不好意思。"

刘天兴有些受宠若惊："司令这么说就见外啦！能为司令效劳，也是天兴的福分！"

厉文礼微微一笑："让别人去，我还真不放心。"

申集安坐在太师椅上，轻轻伸个懒腰："司令托刘老板捎去那么多白酒、香烟，把弟兄们都恣坏啦。"

厉文礼道："那是天兴买的，待有钱了再跟他结算，你和言公可别忘了。"

刘天兴面红耳赤道："司令莫非真把我天兴当成买卖人啦！"

厉文礼道一声："你银钱再多，也不是从地里搂的豆叶。"而后拿出内田信件递给申集安。

申集安看罢，黑幽幽一对马眼盯着厉文礼："也不是完全没有道理……唯事关重大，牵一发而动全身……"

听申集安话语不着边际，厉文礼寻隙打断："为了二纵队弟兄们前程，我准备去一趟。"

申集安早就猜出了厉文礼心思，当即道："司令于申某有知遇之恩，如此冒险犯难之事，岂能让司令独往？！"

厉文礼话锋一转："城顶山一役我军总崩溃前夕，我给总座发去一电，言明处境，请示机宜。总座复电告诫：虽然败局已定，也要千方百计保存实力，以图再起。我部嗣后所作所为，大致符合总座复电之精神。"

申集安坦然道："到哪山砍哪柴，过哪河爬哪崖。兵者诡道，哪能跑着墨线做事！"

厉文礼道："你我同去最好，若不幸被内田扣留，夏坡那边可就群龙无首了。"

申集安道："内田也是'中国通'，深谙中国人心理，想必不会出此下策。夏坡那边不用担心，已跟孙参谋长、胡团长、韩团长诸位作了交待。"

"有你这句话我就放心了！只要上村部队长安排好车辆，我们即刻启程去青。"厉文礼目光从申集安脸上移开，看着刘天兴，"还得麻烦你这位大老板准备几份礼物。"

是年八月中旬，厉文礼和申集安乘坐上村特备的一辆"电驴子"去了青岛，晋见内田旅团长。内田身边也有高人指点，给足了厉文礼面子。厉文礼受宠若惊，很快跟日寇签订正式协议，所部改编为"鲁东和平建国军"，司令厉文礼，副司令申集安，司令部仍设在夏坡。

此时，厉部名下兵员虽然不下万余，但都分散各处，驻防夏坡的主力是胡鼎三特务团和韩寿臣第十团。胡鼎三个性强势、蛮横，韩寿臣占尽地利、人和，也不是善茬。两人明争暗斗，势同水火，主持夏坡大局的司令部参谋长孙荣第费尽口舌，徒唤奈何。为免遭不测，韩寿臣又将团部迁至夏坡正西留山，每日里训练士兵，修筑工事，不肯再踏进夏坡一步。

九月里一个晴朗的日子，留山显得格外清晰，上空飘荡着大朵白云，酷似晒干的棉花，太阳没有血色，像个黄脸婆。山脚下那片树林子看起来很忧郁，白杨树银白色树皮暗淡地闪着光，不时从枝头飘落下几片黄褐色叶子。韩寿臣正率一小队骑兵沿山脚巡逻，忽然从蔡家庄方向奔来一匹快马。护兵拍马上前截住，原来是司令部的传令兵，说厉司令、申副司令已返回夏坡，召集主要官佐开会，请韩寿臣火速前往。韩寿臣接过通知看了一眼，落款确是孙荣第亲笔签名，于是将手中缰绳一抖，两腿使劲夹一下马腹，灰兔马嘶鸣一声，撒开蹄子沿黄白色的小道朝前飞奔，身后十余匹马儿如得到指令一般，紧跟而去。

①西万和：安丘城最大的私营药店，位于南关街路西。

②物禁大盛：出自《荀子》，意思是说"名声"超过了实际的能力，地位超过了实际的德性，结果势必要招致极大祸患。

（《昨日烽烟》第三部至此结束，欲知后来故事，请看本书第四部）

图书在版编目（ＣＩＰ）数据

昨日烽烟 / 郎潮著 . -- 济南：山东友谊出版社，2018.1
ISBN 978-7-5516-1607-2

Ⅰ . ①昨… Ⅱ . ①郎… Ⅲ . ①长篇小说—中国—当代
Ⅳ . ① I247.5

中国版本图书馆 CIP 数据核字 (2018) 第 022533 号

主管单位：山东出版传媒股份有限公司
出版发行：山东友谊出版社
地　　址：济南市英雄山路 189 号　邮政编码：250002
电　　话：出版管理部（0531）82098756
　　　　　市场营销部（0531）82098035（传真）
印　　刷：潍坊新天地印务有限公司
版　　次：2018 年 1 月第 1 版
印　　次：2020 年 6 月第 2 次印刷
开　　本：710mm×1000mm　1/16
印　　张：10.5
字　　数：180 千字
定　　价：39.00元